Benoît Duteurtre

Les pieds dans l'eau

Gallimard

Benoît Duteurtre est né à Sainte-Adresse, près du Havre. Il publie en 1982 son premier texte dans la revue *Minuit*, puis gagne sa vie comme musicien et journaliste. Il est l'auteur de romans (*Tout doit disparaître*, *Gaieté parisienne*, *Les malentendus*, *Service clientèle*, *La cité heureuse*, *Les pieds dans l'eau*...), d'un recueil de nouvelles (*Drôle de temps*), d'un livre sur les vaches et d'essais sur la musique. Son écriture claire, sans préciosité, son regard sarcastique sur le monde contemporain ont suscité parfois la polémique et le distinguent dans la jeune littérature française. En 2001, son roman *Le voyage en France* a reçu le prix Médicis, et *La petite fille et la cigarette*, paru en 2005, a été traduit dans plus de quinze langues.

Arrondie en croissant de lune, la petite ville d'Étretat, avec ses falaises blanches, son galet blanc et sa mer bleue, reposait sous le soleil d'un grand jour de juillet. Aux deux pointes de ce croissant, les deux portes, la petite à droite, la grande à gauche, avançaient dans l'eau tranquille, l'une son pied de naine, l'autre sa jambe de colosse ; et l'aiguille, presque aussi haute que la falaise, large d'en bas, fine au sommet, pointait vers le ciel sa tête aiguë.

Guy de MAUPASSANT,
Le modèle (1883)

I

Les cousines

1

SUR L'EAU

Mon histoire commence dans une poudre de lumière, un après-midi d'été. La pente de galets blanchis par le sel glisse rapidement vers le rivage où l'eau claire et profonde donne une sensation de fraîcheur, même en plein mois de juillet. Au-dessus de la plage, la promenade est bordée d'une rambarde en bois. Une longue-vue payante attire les enfants qui réclament vingt centimes à leurs parents pour suivre le mouvement des voiliers sur l'horizon. L'autorité tient bon : pas de gaspillage. Par instants, la mer lance paresseusement quelques vaguelettes vers le rivage, comme pour se rappeler à l'attention des promeneurs. Dans la brise légère de cette journée, on dirait qu'elle hésite, se soulève à peine, se retourne et s'aplatit mollement avec ce bruit de frottement qui distingue une plage de galets d'une plage de sable.

Le bleu des flots est animé de minces crêtes blanches entre lesquelles glissent les périssoires. Ces élégants canots de bois blanc conduits par des estivants en maillots de bain se croisent partout sur la mer. Un couple d'amoureux longe la côte sans se presser ; ils se laissent dériver assis l'un derrière l'autre, le dos de la fille appuyé contre le torse du garçon qui, parfois, donne un bref coup de pagaie. En face d'eux, sur la plage, les corps dénudés ne semblent pas trop ressentir le petit vent du nord. Ils profitent du soleil comme dans un pays chaud. Et ce mélange d'air frais, de cailloux brûlants, de corps alanguis, de canots pagayant, de voix et de cris, résonne en moi tandis que nous nous apprêtons, avec ma mère et ma sœur, à descendre l'escalier qui relie la promenade à la plage.

Soudain, comme nous posons nos pieds sur les galets en tournant instinctivement vers la gauche, je vois se dresser tout un groupe de jeunes femmes en maillots de bain une pièce qui s'approchent avec de larges sourires, embrassent ma mère, nous dévisagent ma sœur et moi et poussent des exclamations joyeuses, comme s'il s'agissait d'une bonne surprise... Nous allons nous asseoir ensemble à l'emplacement où elles prenaient le soleil. Leur cabine est la première de cette longue rangée alignée devant la mer — toute une variation de kiosques en bois peint, blancs pour la plupart, parfois orange, verts ou bleus.

C'est là que se regroupent les familles d'Étretat ; ou plutôt les familles de Paris qui possèdent à Étretat ces villas qu'on aperçoit sur les coteaux. Ma mère et ses cousines commencent à bavarder, tandis que d'autres femmes nous rejoignent, demandent des nouvelles, ont l'air de nous reconnaître, disent que nous avons grandi, posent ces gentilles questions qui flattent le narcissisme des enfants. L'une d'elles nous prend à part, ma sœur et moi, et nous propose un *chewing-gum*. Elle a prononcé ce mot comme pour parler d'un trésor. L'idée du chewing-gum a quelque chose d'osé, en ces années soixante où les enfants de bonne famille ne se gavent pas de sucreries. À nos oreilles de jeunes catholiques provinciaux, le chewing-gum paraît moderne, insolent et, pour dire vrai, *parisien*. La cousine de ma mère brandit alors un étui en carton qu'elle agite au-dessus de nos mains pour y faire tomber cette pastille blanche rectangulaire qui fera les délices de notre après-midi.

Plus tard, il faudra mettre les pieds dans l'eau, descendre la pente caillouteuse, puis s'enfoncer en trois enjambées dans ce liquide plus froid encore que celui du Havre. Là-bas, chez nous, la présence du sable, la proximité de la baie de Seine — et peut-être les rejets de la pollution — permettent de gagner un ou deux précieux degrés. À Étretat, devant la plage encadrée de falaises, parmi ces jolies femmes qui pépient, on se sent curieusement loin de chez nous. À trente kilomètres de distance, c'est un monde différent, une vraie station de vacances qui ignore le port, les usines, les boulevards et le quotidien. Tout l'après-midi ou presque, les cousines bavarderont devant la cabine, en s'enduisant de crème solaire. Puis l'une d'entre elles descendra sa périssoire en la tirant sur les galets et tentera de m'initier au maniement délicat de cet esquif.

La principale difficulté consiste à grimper dedans sans la renverser ; sans quoi c'est une véritable gymnastique pour la rattraper dans les vagues, la retourner et tenter de monter à nouveau. Les Parisiens qui passent ici toutes leurs vacances maîtrisent ces techniques depuis le plus jeune âge ; ils savent comment courir vers la mer en poussant leur embarcation, sauter par l'arrière comme un cow-boy sur son cheval, bondir sur la première lame et, presque aussitôt, s'éloigner sur les flots en pagayant, puis commencer la douce promenade qui conduit vers l'arche de la falaise, l'éblouissement du soleil, les murs d'ombre rocheuse et les cris d'oiseaux.

Quant à moi, je préfère les prairies de montagne où je passe le meilleur de l'été. Je ne me sens guère à l'aise ici, parmi ces champions arrogants, rassemblés par bandes devant les cabines de bain. L'acharnement de cette gentille « cousine » qui me dispense une leçon méthodique, presque trop sérieuse, me rappelle toutefois que je ne suis pas là pour m'amuser mais pour m'initier à un rite local qui, seul, fera de moi un véritable Étretatais. Plusieurs fois, tâchant d'appliquer la leçon, je parviens à tenir en équilibre ; je me satisfais de demi-réussites, assis dans une mare au milieu de la périssoire. Mais le retard est trop grand, mes passages ici sont trop brefs ; jamais je n'égalerai ces garçons initiés depuis l'enfance et emportés dans une bataille permanente où les beaux, les riches, les forts doivent écraser les laids, les pauvres, les faibles. Inutile de m'y frotter : je ne me sens ni d'un camp ni de l'autre ; et puis je déteste le sport.

Je me trouve ici dans un léger décalage social. Chaque année, pour les vacances, les cousines de Paris reviennent dans la propriété où vécut notre illustre aïeul. Nous autres, ceux du Havre, allons parfois leur rendre visite. Je retrouve d'ailleurs quelque chose de *havrais* dans cette station balnéaire : les commerçants, les autochtones y ont le même accent, le même type normand que ceux de la grande ville toute proche ; leurs voitures portent le même numéro de département : « 76 », Seine-Maritime. Mais je suis surtout frappé, quand je viens ici, de voir partout ces plaques d'immatriculation « 75 », « 78 » et « 92 » : nombres magiques de la capitale et de ses banlieues opulentes. Aller du Havre à Étretat, c'est s'éloigner de la province pour découvrir une plage de Paris. À dix ans, je sens bien que la société locale a ses habitudes, ses familiarités, ses usages qui ne me concernent pas directement. Je suis seulement de passage, venu tremper le pied dans cette belle eau turquoise avant de rentrer chez nous.

2

LA RAMÉE

Au moment d'acquérir cette villa, en 1948, mon arrière-grand-père René Coty, ministre de la Reconstruction, semblait parvenu à l'apogée de sa carrière politique. Fils d'un directeur d'école havrais, il avait franchi depuis 1907 tous les échelons électoraux : conseiller d'arrondissement, conseiller municipal, conseiller général, député, puis sénateur. Son parcours avait suivi un lent glissement du centre gauche vers le centre droit. Issue d'une famille d'armateurs, son épouse lui avait ouvert les portes de la bourgeoisie aisée. Après avoir reçu une éducation moderne et passé leur bachot, leurs deux filles, Élisabeth et Madeleine, s'étaient mariées et avaient mis au monde une flopée de filles qu'on appelait, comme une seule entité : « les cousines ».

Depuis les années trente, René et Germaine Coty vivaient à Paris dans un appartement du quai aux Fleurs, face à l'Hôtel de Ville. Éphémère sous-secrétaire d'État à l'Intérieur en 1930, le sénateur du Havre s'activait discrètement dans les coulisses de la vie politique quand la guerre avait éclaté. S'éloignant des affaires publiques, il avait tiré, dans son journal intime, l'amère leçon de ses soixante ans : « Je mourrai un de ces jours sans avoir rien fait que de fonder une famille. » Après la Libération, il avait pourtant retrouvé son siège au palais du Luxembourg. Deux ans plus tard, il devenait ministre de la Reconstruction et de l'Urbanisme. Il avait alors décidé d'acheter — avec son gendre Jean Meyer — cette propriété en Normandie.

Jean Meyer et sa femme, Élisabeth, avaient six filles. Ils demeuraient à Paris près du parc Monceau. Cette propriété leur permettrait de retrouver, chaque été, la branche havraise de la famille. Madeleine, seconde fille de René Coty, vivait en effet dans cette ville où elle avait épousé Albert Charles, un médecin d'origine vosgienne. Ils avaient de leur côté trois filles (dont ma mère), et un fils, l'unique garçon de toute cette lignée. Dès la fin des années quarante, les vacances s'organisèrent de la sorte : au mois de juillet, les grands-parents Coty et les Meyer s'installaient dans la villa d'Étretat, tandis que les Charles partaient dans les Vosges. Au mois d'août, tout le monde se rejoignait sur la côte normande, selon un rituel parfaitement réglé.

Chaque villa balnéaire doit porter un nom. Au moment de son achat, celle de la famille s'appelait « Villa Cheu Nous ». Ce faux patois sentait son petit-bourgeois, et le ministre de l'Urbanisme, pétri de Verlaine et de Mallarmé, avait cherché un mot plus rare. Avec sa fille Élisabeth, il avait trouvé : « La Ramée ». À la nuit tombante, sous les grands arbres du jardin, on pouvait y réciter les vers du poète :

La lune blanche
Luit dans les bois ;
De chaque branche
Part une voix
Sous la ramée…

L'emplacement se situait sur l'un des coteaux où s'alignent les belles demeures d'Étretat. Au cœur d'un décor boisé, constitué de tous les parcs juxtaposés, chacune émergeait avec sa ligne, ses couleurs, son caractère. Un peu plus haut se trouvait la villa « Orphée », construite par Jacques Offenbach grâce à ses succès de théâtre (les chambres y portaient le nom de ses héroïnes : *La Belle Hélène, La Périchole, La Grande-Duchesse*). Juste en dessous, Maurice Leblanc, l'auteur d'Arsène Lupin, s'était aménagé le « Clos Lupin » dans un jardin parsemé de fausses ruines gothiques.

Comme beaucoup de ces bâtisses de la seconde moitié du XIXe siècle, La Ramée s'était limitée d'abord à un simple bâtiment : une maison normande bien carrée avec ses rangées alternées de briques et de silex. Mais le charme de l'architecture balnéaire tient dans les ajouts des propriétaires successifs, qui élargissent le corps principal en construisant des ailes, des extensions, puis en les ornant de corniches ou de tourelles. Accolant un flanc gauche au bâtiment, de précédents occupants avaient aménagé un vaste salon de réception, surplombé par une chambre et une terrasse. Germaine et René Coty s'y étaient installés. Sur le flanc droit et dans les hauteurs, un empilement de chambres de bonnes et de chambres d'enfants avait poussé jusqu'aux mansardes. Mais la plus jolie partie de l'ensemble était ce perron de bois exotique, dont les volutes et guirlandes avaient quelque chose de chinois, revu par la IIIe République.

Quand nous allions en visite à Étretat, le dimanche, tante Élisabeth nous accueillait elle-même sur ce perron. Appuyée à la rampe, la sœur de ma grand-mère nous saluait d'un geste de main vaporeux ; et son allure avait quelque chose d'auguste, une amabilité un peu hautaine qui aurait pu s'adresser aussi bien à une foule d'admirateurs et qui s'achevait dans un sourire plein de coquetterie.

Peut-être cette attitude lui était-elle restée des années glorieuses, quand elle se déplaçait en voiture officielle, dans le cortège du chef de l'État... Car, le 23 décembre 1953, à la surprise générale, René Coty était devenu président de la République française.

Il avait fallu treize tours de scrutin, entre plusieurs candidats impossibles, pour que le Congrès, réuni à Versailles, s'accorde enfin sur son nom. Depuis des années, l'ancien ministre envisageait secrètement l'hypothèse, mais il avait eu le bon goût de se présenter au dernier moment, après plusieurs jours de vote indécis. Apparaissant comme un recours, ce « modéré » offrait un compromis acceptable. Âgé de soixante et onze ans, il avait succédé à Vincent Auriol comme second président de la IVe République.

Un tel cataclysme avait bouleversé l'existence de toute la famille. Du jour au lendemain, le vieux politicien et sa descendance s'étaient retrouvés au cœur de la chronique politique et mondaine. Une photo parue dans les magazines montrait les petites-filles du chef de l'État dans l'appartement du quai aux Fleurs : neuf « cousines » souriantes et bien élevées, rassemblées autour d'une télévision où elles découvraient le sacre de leur grand-père (en réalité, l'élection était passée depuis plusieurs jours quand le photographe avait organisé cette mise en scène). Les articles qui se multipliaient leur promettaient un extraordinaire conte de fées. Les journalistes rivalisaient en scènes de genre sur les « demoiselles de l'Élysée » :

> — Vous êtes maintenant les petites-filles d'un souverain. Qui voulez-vous épouser ? Le roi du Hedjaz, le frère du roi des Belges, un prince de Grèce comme Élisabeth d'Angleterre ou un fils de roi scandinave ?
>
> — N'écoutez pas ces folies, fillettes, disait grand-mère. Surtout pas d'idées de grandeur.
>
> — Les demoiselles de l'Élysée auront droit au nonce du pape pour bénir leur mariage, déclarait un archiviste du Quai d'Orsay. Le nonce, doyen du corps diplomatique, ira bénir leurs anneaux au Palais national parce qu'elles ont les droits protocolaires des enfants des rois de France !

Projetées sous les feux de l'actualité, nombre de « cousines » allaient vivre sans enthousiasme ce rêve pour midinettes. Les plus affranchies goûtèrent aux plaisirs qui s'offraient — voyages officiels, galas à l'opéra… —, mais avec modération. Avant toute chose, le Président et sa famille devaient donner l'exemple d'une moralité exemplaire. Encore adolescentes au moment de l'élection, les plus jeunes, comme ma mère, traversèrent ces années avec scepticisme. Pendant cinq ans, la gloire de leur grand-père allait les contraindre à se montrer perpétuellement bonnes filles, dévouées, impeccables dans leur tenue et dans leurs propos. La vie de princesses n'avait rien d'une griserie, mais elle s'apparentait à une sévère exigence : incarner la dignité d'une famille française.

3

PLAISIRS MINUSCULES

Vous cherchez à percer les mystères de la vie et de la mort ? Installez-vous de longs après-midi sur une plage et tâchez d'éprouver la densité de chaque instant. Vous rêvez de devenir artiste, ou savant ? Étudiez l'éclairage vert fugace dans le creux d'une vague, au moment où elle se retourne et va s'écraser sur les galets. L'histoire et la société vous passionnent ? Revenez chaque été sur le même rivage ; observez les changements et les évolutions ; au besoin, imitez les comportements pour mieux les comprendre.

Les peintres impressionnistes s'intéressaient aux baigneurs de Trouville : dames en robes à froufrous, chiens fidèles et messieurs costumés tenant salon sous des parasols. Eugène Boudin s'en était fait le spécialiste et j'ai souvent admiré ses croquis maritimes au musée du Havre. Mais le pinceau ne restitue que partiellement ce riche flux de sensations qui s'anime avec le vent sur la plage. Il faut savoir fermer les yeux pour entendre ces roulements de vagues pleins de cris d'enfants, ces fonds de conversations où se mêlent le sac et le ressac. Il faut respirer profondément pour appréhender tout le théâtre parfumé où se combinent l'humidité du sel, la frite grasse et quelques relents de vase à marée basse.

Sur cette vaste étendue beige ou grise, l'humanité se réduit à son expression la plus simple. Des personnages presque nus se déplacent, bavardent, se nourrissent, accomplissent des exercices. Un groupe de corps avance dans les vagues, des bouches éclatent de rire ; d'autres ressortent en grelottant puis se frottent vigoureusement avec des serviettes. Les plus paresseux restent allongés sur le dos, avant de se retourner sur le ventre, et leur activité dépouillée d'artifice a quelque chose d'éternel. En plein soleil, au bord de l'eau, les déguisements sociaux ne comptent guère ; le baigneur de l'Europe moderne rappelle celui de la Grèce antique. Toute l'Histoire se réduit à quelques détails : un transistor, un roman, une paire de lunettes noires, une façon de bronzer en s'enduisant d'huile protectrice, la matière synthétique d'un maillot, un pourcentage de chiens, le contenu d'une glacière.

Il faut également prendre en considération les nuances climatiques et géographiques qui induisent, pour chaque plage, des gestes particuliers. Sous les dunes du Nord ou de l'Atlantique, on peut marcher des heures immergé jusqu'aux genoux, accompagné par les oiseaux qui s'agitent dans les flaques salées, puis filent droit devant, vers ce point de l'horizon où la plage devient irisée. Sur les rochers de la Méditerranée, le baigneur s'alanguit dans un bonheur parfait, hostile au moindre effort ; il attend sur son rocher, trempe les pieds puis laisse couler son corps dans l'eau claire. Sur le frais rivage du pays de Caux où la dureté des galets vous transperce les pieds, on parlera plutôt d'exigence et d'effort récompensé.

*

À l'ombre des falaises normandes, chaque sortie à la plage ressemble à une lutte, recouvrant une infinité de plaisirs cachés. Imperceptibles au premier abord, ces *plaisirs minuscules* sont l'un des attraits de l'existence du Parisien à Étretat. Dans une station qui ne compte ni palaces ni boîtes branchées, la vie balnéaire paraît fondée sur la répétition de gestes apparemment pénibles : mettre les pieds dans la mer glacée, prendre un bain de soleil sur les cailloux, résister à la bise du nord en plein mois d'août, se baigner sous la pluie, accomplir inlassablement la même promenade entre deux pans de falaise. Tout cela s'apprend et finit par se déguster : ce sont nos aventures monotones, très différentes des aventures grandioses ; elles ne supposent pas d'arpenter le monde ni d'affronter des dangers inconnus ; au contraire, elles exigent d'accomplir sans fin, tout au long de sa vie, le même rituel qui, peu à peu, transforme la souffrance en routine et la routine en plaisir.

Le Perrey, cette digue aménagée qui longe la plage, pourrait avoir l'air d'une simple promenade panoramique. Il faut connaître Étretat pour en mesurer la portée sociale (un rendez-vous permanent où l'on aime croiser des visages familiers) autant que métaphysique (un point de rencontre entre l'individu et l'infini). Plusieurs fois par jour, les habitués recommencent leur déambulation sur cette allée entre falaise d'amont et falaise d'aval. Les plus courageux « font » leur premier Perrey dès huit heures, en allant chercher le journal ; ils en profitent pour saisir une nouvelle nuance maritime et l'ajouter à leur répertoire — comme ces miroitements argentés d'un matin gris clair ; et ils reviendront « faire » leur dernier Perrey à la nuit tombée.

Sur le Perrey, un habitué d'Étretat rencontre presque toujours d'autres habitués qui s'arrêtent un instant pour bavarder, en se tenant aux sujets convenus : « Comment ça va ? », « Quel beau temps ! », « Un peu frais, quand même… », « Tu iras au mariage de la petite machin ? » Ces échanges très faibles, mais pas totalement inconsistants, apportent au promeneur une légère excitation d'ordre social. Après quoi chacun reprend sa marche en jetant un nouveau coup d'œil vers ces milliers de lames scintillantes qui se confondent tantôt avec la mer, tantôt avec le ciel.

Le véritable connaisseur ne s'interrompt jamais très longtemps ; il accomplit son Perrey comme un devoir, ponctué de brefs moments sociaux. D'un pas rapide, il s'adonne à la contemplation, à l'exercice physique et aux relations humaines avec un même sens de l'efficacité. S'il faut parfois un effort pour se mettre en chemin, la régularité tient lieu d'obligation ; et chaque sortie accorde en récompense une variation supplémentaire : cet après-midi, belle pénombre bleu acier sous la falaise d'aval où des goélands se laissent dériver. La palette est infinie mais l'enthousiasme reste discret : même devant le plus beau paysage, l'habitué respecte le « ni trop, ni trop peu » qui règle la vie bourgeoise. Seuls les badauds de passage contemplent le panorama en s'extasiant bruyamment. Chargés de sacs à dos, ils s'appuient sur la rambarde et restent babas devant l'arche de la falaise. L'estivant professionnel repère ces intrus et les élimine de son regard, comme s'il filait dans un autre Étretat, constitué seulement de ses connaissances. Il saisit ce qu'il veut saisir et continue son chemin.

Quand la saison s'achève et que souffle la tempête, c'est encore sur le Perrey que se retrouvent au grand air les mêmes Parisiens en week-end pour contempler, dans leurs cirés, le spectacle de l'océan déchaîné. Certains se rappellent avec satisfaction cette description de Maupassant conservée dans leur bibliothèque : « La mer démontée mugissait et secouait la côte, précipitant sur le rivage des vagues énormes, lentes et baveuses, qui s'écroulaient avec des détonations d'artillerie. Elles s'en venaient tout doucement, l'une après l'autre, hautes comme des montagnes, éparpillant dans l'air, sous les rafales, l'écume blanche de leurs têtes, ainsi qu'une sueur de monstres. »

Au coucher du soleil, entre connaisseurs, ils

apprécieront une belle transformation violette des nuages, tout en échangeant d'autres banalités. Certains soirs d'été, par ciel très clair, les habitués marquent un temps d'arrêt plus long devant le casino pour tenter de saisir ce fameux « rayon vert », censé apparaître au moment où l'astre plonge dans les flots. Un monsieur affirme (ton moqueur) ne l'avoir jamais vu ; d'autres (ton offusqué) prétendent l'observer souvent. Cette question minuscule continuera d'alimenter le bavardage qui demeure, ici, la principale forme de conversation : une façon de se rapprocher, d'échanger des ondes et des fluides, de tourner autour de quelques dérisoires sujets d'intérêt local, puis d'y revenir toujours en les variant légèrement, comme s'il était vain de se lancer dans des conversations plus sérieuses.

4

LES COUSINES

Venues au monde à intervalles rapprochés dans les années trente, les neuf petites-filles de René Coty formaient un groupe très uni. Au début de la guerre, elles s'étaient retrouvées dans une maison de campagne près d'Étretat. Elles avaient reçu la même éducation fondée sur la religion catholique, l'amour du travail et le sens du partage. À l'exemple de leurs mères, elles avaient étudié pour devenir des femmes modernes... sans négliger le principal objectif de leur existence : se marier et fonder une famille. Dans cet ordre sans tache, leur grand-père représentait la figure tutélaire, l'image de la loi morale, l'artisan d'une ascension républicaine qui exigeait des siens un perpétuel effort pour bien se comporter. Loin du vieux complice indulgent, il faisait entendre la voix du savoir qu'on écoutait en silence au cours des repas.

La plupart des cousines préféraient leur grand-mère, Germaine, devenue très populaire après l'élection pour ses manières chaleureuses et spontanées. Au moment de l'installation à l'Élysée, la presse avait ironisé sur sa première réaction : « Et dire que je viens de rentrer mon charbon pour l'hiver ! » On avait vu partout une photographie où elle servait la soupe à son mari. Cette mise en scène à laquelle elle s'était prêtée (bien qu'elle ne corresponde guère à ses habitudes de fille d'armateurs, élevée dans des pensionnats anglais) soulignait le côté simple de cette femme bien en chair, restée comme une image d'Épinal de la Française des années cinquante.

La famille Coty se trouvait ainsi partagée entre deux tendances : un côté sérieux, respectable, solennel, figuré par le Président et sa fille cadette, Madeleine, auquel s'opposait un versant plus fantaisiste, souriant, léger, incarné par Germaine et sa fille aînée Élisabeth. Par moments, les petites-filles semblaient verser du côté du grand-père, lorsqu'elles étudiaient les lettres ou s'engageaient dans l'action catholique et sociale. Mais, collectivement, les neuf jeunes femmes reconstituaient la même entité enfantine, riant de tout, détestant la pompe bourgeoise, promptes à tourner en ridicule la solennité du Président et la respectabilité en général. À ce jeu collectif, chacune apportait sa touche et son caractère ; et l'on aurait pu rebaptiser toutes ces « cousines » à la façon des pièces pour clavecin de Couperin. Les six Parisiennes : Denise, *la discrète* ; Nicole, *la séduisante* ; Danièle, *l'intellectuelle* ; Laurence, *la piquante* ; Monique, *l'espiègle* ; Isabelle, *la volontaire.* Et les trois Havraises : Solange, *la délurée* ; ma mère, *l'engagée* ; Brigitte, *la mystérieuse.*

Après l'élection de René Coty, les relations avec leur aïeul s'étaient encore compliquées, du fait de la place considérable qu'il occupait désormais dans la vie quotidienne. À l'âge où la plupart des grands-parents s'effacent gentiment pour jouer leur rôle de composition, celui-là devenait plus que jamais l'homme important. Parfois, lors des repas du dimanche, agacé par le caquetage de ces gamines poussées en herbe, il les interrompait sèchement d'un : « Ne dis pas n'importe quoi, mon petit ! » ; ou encore : « Arrête de faire ton intéressante ! » Il les renvoyait ainsi à leur catégorie de « petites filles ». Puis, le soir même, dans ses carnets, il se reprochait d'avoir manqué de patience.

Les cousines, de leur côté, se sentaient facilement vexées de devoir admettre qu'elles n'étaient pas *intéressantes* et que la meilleure chose possible consistait à écouter religieusement cet aïeul qui fréquentait des hommes d'État, des notables et d'illustres artistes — autant de titres qu'elles affecteraient souvent de dédaigner. Indifférentes à la hiérarchie sociale, elles cultivaient avec assurance leurs propres convictions. Puis, à nouveau, comme pour alléger ce fardeau, elles aimaient se délasser dans des enfantillages — comme ce jour de 1957 où ma mère, venue coucher à l'Élysée, entreprit avec sa sœur de fouiller l'appartement aménagé pour la reine d'Angleterre, en visite officielle. Elles s'amusèrent follement de trouver les soutiens-gorge et les culottes d'Élisabeth II, brodées aux initiales royales. Ainsi marquaient-elles une victoire secrète du côté irrespectueux contre la dignité des grands personnages.

Denise, l'aînée, entra à l'Élysée comme secrétaire de sa grand-mère. Elle collait au rôle d'héritière modeste et dévouée. Presque malgré elle, son mariage avec un ingénieur fit la une de *Paris-Match.* D'autres, moins résignées, cultivaient un vague ressentiment de jeunes filles embarrassées par la gloire et privées d'une *vie normale.* Le poids des contraintes s'alourdit encore après la mort subite de Germaine Coty, quand toute la famille prit le deuil autour du Président. Selon certaines rumeurs, la première dame de France (surnommée par les chansonniers « madame sans gaine ») avait succombé à un régime alimentaire trop sévère. Sa disparition ne fit pas seulement pleurer dans les chaumières et devant l'église de la Madeleine où s'était massée une foule immense. Elle enfermait à nouveau les cousines dans leur rôle d'enfants modèles, condamnées à s'habiller de sombre et à rire en cachette, parce qu'il fallait bien se tenir, montrer sa tristesse et sa vertu.

La rébellion mûrissait, avec ses paradoxes. Loin de transgresser l'ordre familial par une débauche mondaine, quelques-unes s'appliquèrent à pousser plus loin l'exigence morale en dédaignant leurs privilèges. Quand la presse les montrait au bal en robe de gala (je me rappelle cette photo de ma mère dansant avec le fils de l'empereur d'Éthiopie), elles se sentaient secrètement étrangères à cette société. Plus modestes encore qu'on ne le leur demandait, elles éprouvaient l'irrésistible attrait de la vie ordinaire. Certaines trouvèrent dans le christianisme une doctrine idéale. Non pour faire la charité comme les bourgeoises d'autrefois, mais pour s'immerger dans la société moderne, communier avec le monde du travail et les déshérités — comme si l'Élysée était une maladie honteuse, un accident dans le cours de leur existence. Après ses études d'infirmière, ma mère consacra une partie de ses vacances au pèlerinage de Lourdes où elle assistait les cancéreux jusqu'à la source miraculeuse. Je vois encore, enfant, à la gare du Havre, les fumées d'une locomotive à vapeur, les malades qu'on chargeait par les fenêtres sur des brancards, les bataillons de religieuses s'agitant d'un wagon à l'autre.

C'est dans cet état d'esprit qu'elles avaient rencontré leurs fiancés. Danièle, l'une des plus ardentes, porta son dévolu sur un fils de commerçants — milieu qui ne plaisait guère chez les Coty ; mais elle s'obstina dans une ferveur désireuse d'échapper aux conventions mondaines. Ma mère tomba amoureuse d'un cousin du précédent, issu d'une famille nombreuse, catholique et un peu fauchée. Les aspirations mystiques de mon père faillirent d'abord le conduire au monastère où il passa plusieurs mois ; ma mère en fit une dépression, mais il ressortit pour l'épouser. Monique, une autre cousine, s'entícha du rejeton d'une noble famille d'Étretat, passionné lui aussi par tout ce que la religion pouvait induire d'égalité et de simplicité dans la vie moderne. Chez tous ces garçons qui venaient faire leur demande en mariage, il y avait sans doute une part d'excitation à l'idée d'épouser une descendante du Président, mais aussi une sincérité désarmante dans l'aspiration à cet idéal religieux. Photographiées dans *Radar* et dans *Jours de France*, les cousines se fichaient de la célébrité ; elles l'observaient en riant et suivaient leur but avec rigueur, préparant ce mariage attendu depuis l'enfance ; la foi servait de levain à leurs flirts en écartant toute union d'argent au profit de mariages de simplicité.

*

Aux noces de ma mère, en décembre 1958, René Coty fit l'une de ses dernières apparitions publiques avant son départ de l'Élysée. Six mois plus tôt, la République avait failli tomber sous la menace d'un coup d'État militaire. Adressant un message solennel à la Chambre des députés, le Président avait favorisé le retour au pouvoir du général de Gaulle qui devait lui succéder en janvier 1959. À la veille de cette retraite, il présidait le banquet de mariage de sa petite-fille, à l'hôtel Normandie du Havre. Je naquis quinze mois plus tard, le 20 mars 1960, jour même des soixante-dix-huit ans de mon illustre aïeul. Une photo nous représente assis l'un près de l'autre, pour mon deuxième anniversaire : le Président devant sa pièce montée de quatre-vingts bougies ; moi soufflant les deux premières, sous l'œil attendri de ma mère, qui ressemble à une jeune femme heureuse au cœur d'un monde préservé.

À l'automne suivant, le patriarche rendait

l'âme et notre famille entra dans l'ère post-présidentielle. Les deux filles du Président conservaient l'argent, l'autorité et le désir de maintenir une image de marque. Mais les cousines, de leur côté, semblaient pressées de sacrifier cette époque, ces souvenirs, ce style de vie pompeux qu'elles n'avaient pas choisi. Quelques-unes restaient indulgentes, parce qu'elles avaient connu, avec davantage de liberté, les chasses à Rambouillet, les vacances au château de Vizille, les week-ends à l'Élysée. Les cadettes, plus perplexes, retenaient surtout de cet épisode un souvenir de frustration et d'artifice — auquel ne cesserait plus de s'opposer leur philosophie de simplicité, animée par une foi digne des premiers apôtres.

Telle était la vraie curiosité de cette famille : quand la plupart des individus cherchent à « s'élever » socialement, le moteur existentiel des petites-filles Coty visait plutôt la condition moyenne et banale comme jouissance en soi, et la transmission de cet idéal à leurs rejetons. Tandis que le temps de l'Élysée s'éloignait, nous devions à notre tour connaître cette lutte et recevoir ce que nos mères avaient si chèrement conquis : les difficultés du quotidien, la peine d'arrondir les fins de mois, le bonheur de faire des enfants, de participer à des associations de quartier, à des pique-niques religieux... Cette aspiration vers l'ordinaire valait, au moins par son originalité, le rêve d'ascension sociale. Car les cousines possédaient — et telle était leur force — une parfaite assurance, comme si elles allaient exactement *là où elles voulaient aller.* Rien ne les intimidait chez les riches, les notables ou les gens célèbres. Ce qui les fascinait vraiment était ailleurs : chez l'employé, l'ouvrier, ou à la chorale du quartier.

Pour toutes ces raisons, ma mère n'aimait guère la société d'Étretat et ses Parisiens en goguette. Elle y avait passé trop de vacances agacée par ces jeunes bourgeois qui paradaient sur leurs périssoires. Elle était trop longtemps restée sur la plage avec les petits, observant ce théâtre prétentieux, éloigné de la simple réalité des choses. Elle n'y revenait que pour voir ses cousines, parler de la vie quotidienne, puis rire ensemble et accomplir de longues promenades sur les falaises. Imprégnés de ses préventions, nous la suivions sans enthousiasme. J'aimais l'ordonnance harmonieuse de cette plage, tracée en demi-cercle entre les falaises ; j'admirais les villas décorées de balcons et de clochetons. Pour autant, j'avais l'impression que ce monde n'était pas le mien ; comme le confirmaient les petits cousins de Paris qui excluaient ceux du Havre, avec ce sens de la bande et ce sectarisme propre aux enfants.

Pendant que nos parents bavardaient, je préférais donc errer dans le grand salon parmi les vestiges de la présidence. Cette pièce était comme un musée de l'âge d'or, plein d'objets hétéroclites : une glacière de golf nacrée, montée sur deux roues d'ivoire pour servir des rafraîchissements (offerte par la reine de Hollande), des collections de grands prix du disque (offerts par l'Académie Charles Cros), des albums de *Paris-Match* relatant la vie du Président et de sa famille, d'innombrables portraits de René et de Germaine Coty brossés par des peintres mondains et des peintres du dimanche. Tout le parfum poussiéreux d'une époque encore proche, mais déjà figée dans ses reliques.

5

CÔTÉ COTY

Fille cadette de René Coty, ma grand-mère, Madeleine, était la plus proche de son père qui trouvait Élisabeth, l'aînée, un peu trop excentrique. Une photo de la fin des années vingt représente les deux jeunes femmes côte à côte, en robes d'été blanches soulevées par le vent, grandes, souriantes, jolies et bien en chair selon le goût de l'époque… Élisabeth, la plus belle, s'intéressait aux arts ; Madeleine, la plus sérieuse, préférait la philosophie. Intelligentes et cultivées, elles avaient été parmi les premières Havraises à passer le baccalauréat. Pour le reste, leur style de vie s'opposait, tout comme l'aménagement de leurs demeures : l'appartement d'Élisabeth, près du parc Monceau, accumulation bohème d'objets, de meubles et de livres ; la maison de Madeleine, au Havre, où chaque détail semblait choisi en fonction de l'harmonie générale, dans la manière un brin trop convenable d'un hôtel de luxe.

Chaque dimanche de mon enfance, après le déjeuner, ma grand-mère et ses filles échangeaient longuement des échantillons de tissus pour refaire telle chambre du second étage, ou retapisser les chaises du boudoir. Mais les choix de Madeleine ne franchissaient jamais les limites d'un goût bien ordonné, tandis que sa sœur suivait des pensées plus originales — à l'image de sa voix de chat enroué, passant du baryton grave aux harmoniques aiguës avec un comique involontaire. Le caractère d'Élisabeth balançait tout aussi promptement d'un excès à l'autre. Certains jours, elle n'était que bonne humeur, gentillesse, rire complaisant ; puis elle s'emportait dans des crises inexplicables.

Au contraire, Madeleine se montrait toujours d'humeur égale, calme et accueillante pour les amies qui se succédaient, chaque jour à dix-sept heures, autour du thé et des pâtisseries. Sa retenue pouvait donner en famille une impression de froideur. Mais, très attentive aux questions « sociales », elle traitait son personnel avec déférence. Les paysans du village où elle avait passé la guerre lui gardaient une sympathie teintée d'admiration. C'était, en un mot, une femme « dévouée ». Le cours de sa vie avait toutefois changé quand René Coty était devenu président, puis quand Germaine Coty était morte en 1955. Madeleine, qui adorait son père, s'était alors sentie investie d'un véritable devoir patriotique : celui de jouer, pour lui, le rôle de maîtresse de maison. Les liens d'affection entre le Président et sa seconde fille s'étaient resserrés durant cette période où elle accomplissait continuellement la navette du Havre à Paris, demeurant à l'Élysée plusieurs jours par semaine.

Oto-rhino-laryngologiste à l'hôpital du Havre, mon grand-père entretenait des relations amicales avec René Coty, son beau-père. Leur unique désaccord venait du fait que le gendre était un gaulliste fervent, tandis que le Président entretenait avec le Général une relation plus ambiguë. En mai 1958, il avait fait appel au « plus illustre des Français », sans aimer vraiment ce tempérament hautain. Jusqu'au mois de janvier 1959, il était demeuré à l'Élysée, tandis que de Gaulle prenait les rênes du gouvernement et préparait la nouvelle constitution. La transition s'était déroulée dans une apparente harmonie, et mon arrière-grand-père s'était retiré pour laisser la place, deux ans avant la fin de son mandat. Avare en compliments, le Général n'avait pas manqué de rendre hommage au dernier président de la IVe République qui avait permis « la nécessaire et féconde rénovation de la République française », autrement dit son retour au pouvoir.

Pour autant, René Coty aurait certainement préféré mener son mandat jusqu'à son terme. Il avait tendu quelques perches à de Gaulle qui avait poliment esquivé. Ainsi, paradoxalement, notre aïeul avait-il accompli l'acte le plus important de sa carrière politique en abandonnant la présidence à un homme plus considérable, pour éviter le chaos. Lorsqu'il avait pris sa retraite, des centaines de milliers de cartes postales étaient d'ailleurs arrivées de toute la

France, portant cette simple mention : « Merci, monsieur Coty. » Des années plus tard, les deux filles du Président conservaient ces sacs postaux que nous sortions parfois dans le jardin, au Havre ou à Étretat, pour entreprendre un tri, trouver les témoignages les plus touchants, les timbres les plus jolis… puis les cartes retournaient à leur moisissure.

De ce départ glorieux, mon arrière-grand-père conservait un mélange de fierté et d'amertume. Revenu vivre au Havre, il s'était installé dans un appartement sur les hauteurs de la ville. Sa terrasse dominait le centre flambant neuf et les boulevards en béton armé. Le port s'étalait jusqu'à l'estuaire avec ses quais, ses entrepôts et ses bassins surplombés d'engins mécaniques aux silhouettes de longs échassiers. On apercevait au loin Honfleur et Trouville. Régulièrement, son chauffeur emmenait le Président à Paris pour siéger au conseil constitutionnel et passer quelques jours dans sa résidence du palais de Chaillot. La fin de sa vie fut toutefois marquée par une soudaine animosité envers de Gaulle, lors de la réforme constitutionnelle de 1962 qui instaurait l'élection du président de la République au suffrage universel. Face au projet dénoncé par toute la classe politique comme une marche vers le « pouvoir personnel », René Coty exprima publiquement son propre désaccord. En privé, il griffonna des pages rageuses.

Des années plus tard, ma grand-mère attachait une extrême importance à ces notes qu'elle conservait comme une bombe. Il me semble pourtant qu'elles exprimaient surtout l'amertume d'un vieil homme approchant de la mort. Les éternels soupçons de dictature gaulliste ne furent pas vérifiés ; et le Général en personne vint au Havre prononcer l'éloge funèbre de René Coty (j'étais là, tout petit, sous la pluie battante). Il ne manqua pas, cependant, d'ajouter à sa propre gloire, en résumant la carrière de son prédécesseur par cette maxime de La Bruyère : « La modestie est au mérite ce que les ombres sont aux figures dans un tableau, elles lui donnent force et relief. » Une partie de l'assistance s'indigna d'entendre de Gaulle accorder au défunt l'ombre et la modestie, tandis que lui-même se réservait le mérite, la force et le relief.

Mon grand-père Charles n'en vibrait pas moins à chaque mot du Général. Descendant de paysans vosgiens, il avait passé son enfance dans l'attente fiévreuse de la reconquête de l'Alsace-Lorraine. Depuis juin 1940, son héros était de Gaulle. Impressionné par tant de ferveur, René Coty avait-il parfois subi l'influence de son gendre ? Avant même la crise de 1958, il avait envisagé un retour du Général pour en finir avec les incessantes crises ministérielles. Mais il fut un peu blessé quand Albert Charles, en novembre 1962, se présenta aux élections législatives comme candidat gaulliste, au moment même où l'ancien Président pestait contre le « coup d'État constitutionnel ». Tiraillé entre la politique et les sentiments personnels, René Coty aida quand même son gendre à préparer cette élection, dans la circonscription où il était entré en politique, un demi-siècle plus tôt. Pris d'une mauvaise grippe, il mourut brusquement à la veille du second tour. Quelques jours plus tard, mon grand-père devenait député gaulliste du Havre.

*

Dans mon enfance, le docteur Charles était l'homme important de la famille. À son grand-père, ma mère avait toujours infiniment préféré ce père d'ascendance rurale qui n'avait rien des manières solennelles du Président. Sous sa silhouette d'arbre sec, cet original rappelait les philosophes antiques qui mêlaient à la sagesse un grain de folie. Il aimait le jardinage, la pêche à la ligne, Blaise Pascal et Frédéric Chopin. Élève modèle de la IIIe République, il avait fait sa médecine à Paris, avant de s'établir au Havre où il avait épousé Madeleine Coty. Par ses origines modestes, il renforçait ma mère dans l'impression d'être une fille simple, égarée dans un milieu trop pompeux. La gloire de son grand-père lui faisait parfois l'effet d'une injustice : notamment cette image de président modeste, bon et généreux — qualités dont il manquait souvent avec les siens. Sa révolte un peu boy-scout (elle avait longtemps milité aux guides de France) restait cependant respectueuse des convenances. Spontanément contestataire, féministe, égalitariste, elle avait horreur de tout ce qui faisait « commun » ; et ces élans contradictoires se mêlaient dans son discours, guidé par la sincérité plus que par la raison.

Nous habitions tout près de chez mes grands-parents. Plusieurs fois par semaine, pour déjeuner ou pour dîner, je remontais l'allée du jardin, au fond duquel se dressait leur vaste maison couverte de lierre. J'aimais ce confortable intérieur où l'on était servi à table, sous les faisans de Foujita (offert par le peintre à René Coty pour le remercier d'un « envoi de gibier », livré par des motards après une chasse présidentielle). Aîné de cinq frères et sœurs, j'avais parfois l'impression de grandir dans un socialisme rigoureux où le plus âgé avait les mêmes droits que les derniers et où toute dépense de plaisir s'apparentait au gaspillage... Chez mes grands-parents, le luxe était permis, la chambre préparée et le lit ouvert avant de dormir. Ma sœur cadette prenait son petit déjeuner avec ma grand-mère, sur un plateau d'argent ; et notre grand-père recevait les garçons dans son bureau, parmi les entassements de livres, disques et bibelots. Dans ce cabinet des merveilles, sous une photo du Général, il nous lisait sur un ton fervent quelques pages des *Mémoires d'espoir*. Disciple religieux du libérateur de la France, il avait adhéré très tôt au courant du gaullisme « social » et il conservait également, dans sa bibliothèque, un exemplaire du *Petit livre rouge*, témoignant de la conception illuminée et un brin totalitaire qu'il se faisait de la république idéale.

Au plus profond de ma mémoire, ces trois hommes importants se mêlent dans une certaine confusion. Plongé dans ce bain familial, je ne distinguais pas très nettement, jusqu'à l'âge de deux ou trois ans, le président Coty du docteur Charles, ni du général de Gaulle. Leurs noms qui revenaient continuellement — dans les conversations, à la télévision, dans les journaux — s'entremêlaient pour constituer un même personnage divin. Ils présentaient en outre plusieurs points communs, comme cette voix vibrante, dès qu'ils parlaient de la France, ou ce goût des grandes marches une canne à la main. J'entrevois dans le flou ces promenades dominicales, durant lesquelles un patriarche entraîne sa progéniture, suivi par une DS noire et son chauffeur ; mais les souvenirs se confondent parfois avec les photos de famille. À cet âge, plus probablement, je gravissais à quatre pattes les marches de la cuisine de mes grands-parents où Jeannette, aidée par le jardinier, remettait de l'ordre après le déjeuner.

C'est seulement au cours des années suivantes que la figure de mon grand-père se précisa, associée à cette parole gaulliste qu'il citait continuellement, tandis que sa femme, Madeleine, défendait la mémoire de son père par quelques salves antigaullistes. Tous les prétextes étaient bons pour faire ressurgir la même joute politique entre le chantre du général patriote et la propagandiste du centrisme chrétien. Leurs positions se rejoignaient toutefois sur une même croyance dans l'importance du « social » et du rôle de l'État dans la réduction des inégalités. La recette qui avait sauvé l'Amérique et l'Europe après la crise de 1929 faisait encore effet de programme, avant que le monde entier ne se tourne vers un capitalisme décomplexé.

Mes parents, eux aussi, adhéraient à la religion gaulliste. Un jour de novembre 1970, sortant d'un rendez-vous chez l'orthodontiste, je les trouvai l'un et l'autre presque en larmes dans la salle à manger — elle, assise sur le radiateur, lui, tournant nerveusement autour du poste de radio allumé. Le Général venait de mourir, au moment précis où le docteur Beljean insérait dans ma bouche l'appareil dentaire que j'allais porter plusieurs années, en l'ôtant chaque soir pour le nettoyer dans un verre d'eau. Le libérateur de la France fut enterré quelques jours plus tard ; mais je n'attendis pas pour me mettre au travail. Le jour même de sa disparition, j'entrepris la rédaction de mon premier livre intitulé : *Le général de Gaulle.* Rédigé sur un cahier d'écolier, il comportait plusieurs illustrations découpées dans des magazines — dont la fameuse poignée de main avec René Coty, sur le perron de l'Élysée, en juin 1958. Le texte s'achevait par une formule dont je me sentais fier : « Le général de Gaulle s'est éteint, mais il n'est pas mort. »

Si puéril que cela puisse paraître, je ne doutais pas de mon but. Dans mes rédactions d'écolier, je me voyais déjà en train d'accomplir une *œuvre.* Un jour, comme je rentrais de classe avec un camarade qui me demandait quel métier je voudrais faire, je répondis sans hésitation : « écrivain ». Était-ce la faute de mon père, de mon grand-père, de mon arrière-grand-père qui, tous, aimaient la littérature, collectionnaient de belles éditions, rédigeaient des discours, tenaient des journaux intimes, récitaient des poèmes? Était-ce le hasard ? En tout cas, l'existence m'est apparue très tôt comme étant principalement le sujet d'un livre.

6

RELATIONS DE PLAGE

En saison, le Parisien d'Étretat respecte scrupuleusement les horaires du bain. Deux fois par jour, à 13 heures et 18 heures, il prend possession de la plage au moment précis où les touristes s'en vont, ce qui lui permet de pratiquer son activité favorite dans une relative quiétude. Son maillot de bain enfilé, il sort de sa cabine et descend la pente caillouteuse sans montrer que les galets lui écorchent les pieds (les plus âgés chaussent des *méduses* en plastique transparent). Puis, arrivé sur le rivage, il reprend avec les baigneurs de son groupe une ancienne conversation à propos de la température de l'eau, inépuisable sujet qui affecte toutes les générations.

La question se pose objectivement face à la bise qui souffle continuellement sur la plage par beau temps. Quelques minutes plus tôt, dans son jardin ensoleillé, l'estivant avait presque chaud. Devant la mer, il serre frileusement ses bras autour du ventre (c'est un réflexe). Une vague plus longue que les autres lèche ses orteils et lui envoie une décharge glacée. À cet instant, le baigneur se demande pourquoi entrer dans ce liquide cruel. Chaque jour, pourtant, il s'inflige la même étrange punition, car il sait qu'il en ressortira plus joyeux et plus fort. Il sait aussi que, pendant le bain, il éprouvera des sensations délicieuses ; mais, pour l'heure, le voilà figé parmi ses compagnons également hésitants. Leurs pieds se mettent progressivement à température ; le reste des corps semble frigorifié. Ceux qui terminent leur bain s'approchent en nageant avec volupté ; leur tête satisfaite émerge, un brin provocante, tandis que s'amorce une invariable succession de répliques :

— Elle est glacée, ce matin ! dit celui qui va se baigner.

— Non, je t'assure, elle est très bonne *une fois qu'on y est*, rétorque celle qui sort de l'eau.

— C'est du masochisme ! grommelle un ironiste (celui qui, l'autre soir, doutait même de l'existence du rayon vert).

— Hou la la, c'est affreux ! s'écrie un nouvel arrivant, comme s'il apprenait quelque chose à la communauté.

— Le mieux est d'y aller franchement, conclut un optimiste, le plus agaçant de tous.

Car celui-ci, au lieu d'avancer centimètre par centimètre, choisit de supprimer les préliminaires. Dévalant les galets, il plonge d'un coup sec en éclaboussant tout le monde, puis ressort la tête et s'éloigne en crawlant.

Ces dialogues ont probablement un sens caché, sachant que la température de l'eau, au mois d'août, est toujours à peu près la même, oscillant entre 17 et 19 degrés ; nul ne l'ignore. Chacun, pourtant, éprouve le même doute au moment du bain, comme un préambule nécessaire au plaisir revigorant. Indifférente à l'expérience, la conversation se répète, génération après génération, avec la même spontanéité du corps, les mêmes questions inquiètes sur la température du jour ; et l'on songe que ce babillage est plutôt la simple sonorité qui accompagne la vie des êtres animés. Il révèle aussi le savoir-faire de cette bourgeoisie en vacances qui ne s'ennuie jamais dans ses rituels, parle pour passer le temps, sans se départir d'une amabilité délicieusement artificielle. Ainsi peut-elle reprendre toujours les mêmes questions avec cette naïveté mêlée d'ironie, ce discret sourire qui laisse entendre qu'elle n'est pas dupe mais que tout cela fait partie de l'art de vivre à Étretat.

Lorsqu'il s'agit de nager vraiment, le rivage du pays de Caux offre au baigneur d'indéniables avantages : d'abord on y perd pied en trois ou quatre enjambées (rien de commun avec ces longues plages de sable où il faut marcher sans fin). Ensuite, lorsqu'il fait beau, cette étendue calme permet de partir au loin sans affronter courants ni rouleaux. Une fois passé l'épreuve de l'immersion, il est donc assez fréquent de voir deux baigneurs s'en aller comme un couple de canards. Les plus courageux poussent le périple jusqu'aux « trois trous », point éloigné du rivage où l'on voit dans un même alignement les arches des différentes falaises. Mais la nage collective permet également de prolonger le même incessant bavardage. Il n'est pas rare, ainsi, de voir deux têtes féminines, progressant par petites brasses, poursuivre leur conversation sur le mariage des enfants ; puis de croiser deux maris en train d'échanger, au milieu de la baie, des informations sur les cours de la Bourse ou sur leurs voitures. Quoique je préfère personnellement goûter seul aux plaisirs de l'eau fraîche, je constate qu'en cette circonstance — comme en beaucoup d'autres — l'être humain aime se livrer, en compagnie de ses semblables, à ces échanges continuels qui donnent un sens aux séjours à Étretat, bien plus que le simple attrait de la mer.

*

Besoin de l'autre, peur de la solitude, ennui, intérêt, amour, passion... Des échanges se nouent pour une durée indéterminée ; puis, un jour, ils se dénouent pour d'autres raisons qui marquent la fin d'une histoire. Cette loi universelle ne vaut guère pour les « relations de plage », soumises à un cycle purement saisonnier. Les amitiés qui se reforment chaque année à Étretat, durant les grands week-ends de printemps, atteignent une intensité maximale autour du 15 août, puis se défont tout aussi facilement début septembre, pour s'endormir à la façon des marmottes jusqu'au retour des beaux jours — où les mêmes personnes reprendront avec les mêmes partenaires leur histoire interrompue.

Les relations de plage ne sont pas fondées principalement sur des choix mais, plus prosaïquement, sur le fait qu'un nombre réduit de personnes se retrouvent chaque été dans la même station et doivent entretenir une vie sociale avec leurs voisins les plus proches. On n'ira pas jusqu'à affirmer que de telles relations se nouent avec n'importe qui ; car il existe, même sur cette plage, une diversité de milieux, de tendances, de styles, qui font qu'un baigneur tend à s'insérer dans tel groupe plutôt que dans tel autre — sauf dans le cas d'une personnalité œcuménique, désireuse d'accomplir un tour complet des autres estivants… Quoi qu'il en soit, les mêmes personnes ravivent chaque année, en début de saison, des amitiés suspendues depuis la saison précédente. Et ces relations qui ne les ont pas préoccupées un seul instant au cours de l'hiver, qui leur sont même complètement sorties de l'esprit, redeviennent soudain, pour plusieurs semaines, le centre de leurs préoccupations, au point de reléguer au second plan les relations sociales des dix autres mois de l'année.

Le même schéma s'applique à la plupart des stations familiales, fréquentées par une population régulière. Tout habitué qui revient ici semble faire son retour à l'univers des vacances, figé dans son temps presque immuable. Chacun, à l'extérieur, mène sa propre vie. Au gré des conversations sur les galets, il n'est pas interdit de raconter ses voyages, d'évoquer son métier ni certains événements de l'autre existence. Certains amis font le point de leurs divorces, de leurs licenciements, de leurs embauches ; mais tout cela semble appartenir à une dimension provisoirement suspendue ; car, dans le temps d'Étretat, seules comptent vraiment les questions et les relations d'Étretat.

Je compte moi-même quelques bons amis de plage vers lesquels je me précipiterai avec un large sourire, dès que recommencera la saison. Je m'avancerai vers eux plein d'une joie sincère ; nous nous taperons sur l'épaule comme de bons vieux camarades ; puis nous irons nous baigner ensemble, tels des frères qui ne se sont jamais quittés. Plusieurs fois au cours des vacances, nous prendrons l'apéritif aux Roches, en devisant sur des sujets qui ne nous passionnent pas toujours — mais qui prendront un intérêt particulier du fait que nous sommes au bord de la mer, que nous appartenons à la même société locale où les affaires de chacun concernent tous les autres, au moins pendant la durée du séjour. Ainsi témoignerons-nous du besoin qu'ont les humains d'échanger avec leurs congénères les plus proches par l'emplacement, plutôt que par le cœur.

Cette constatation n'a rien de cynique : car je vois quelque chose de beau — et même d'émouvant — dans le simple fait que des humains vivent par hasard au même endroit, qu'ils partagent une même fraction du temps éternel, qu'ils se voient associés malgré eux par la naissance et traversent le même espace, la même histoire, les mêmes incertitudes. Rien ne me paraît plus fort contre la mort que ce rapprochement aléatoire de nos existences. Au-delà des sentiments que chacun nous inspire, on devrait vibrer d'amour pour la totalité de nos congénères du simple fait que nous arpentons ensemble, sans savoir pourquoi, ce temps et ce lieu où le destin nous a réunis.

Inversement, si je rencontre les mêmes personnes à Paris, sur un trottoir ou à une première de spectacle, je ressentirai en leur présence une étrange froideur — comme si nous nous connaissions à peine et que nous étions presque étrangers l'un à l'autre. Pis encore : j'éprouverai une certaine gêne en voyant, si près de moi, ces intrus venus d'une autre vie. S'ils ne m'ont pas vu, je détournerai la tête et ferai tout pour les éviter. S'ils s'approchent avec des sourires obligés, j'écouterai les politesses. Accompagné, j'hésiterai à les présenter à mon entourage, comme s'il s'agissait d'une fréquentation presque inconvenante. Quelque chose, soudain, me paraîtra dérisoire dans ces « relations de plage ». Il me semblera que nous n'avons plus rien en commun, comme si leur existence était inconcevable en dehors du décor balnéaire, et leur conversation vaine hormis tout ce que nous échangeons avec délectation pendant une partie de l'été.

À Étretat, je réponds donc favorablement à la plupart des invitations. Mais à Paris, si quelqu'un d'Étretat m'appelle pour dîner, je refuse presque toujours sa proposition ; car je sais que les rencontres là-bas si vivantes, parfumées de sel et d'embruns, deviendraient inconsistantes au mois de décembre, dans un appartement haussmannien. Nous n'aurions alors rien de mieux à faire que de récapituler diverses informations liées à la station normande ; et ces pauvres échanges, parfaitement dérisoires loin des falaises, contribueraient à nous faire prendre conscience — dans un silence de plus en plus gêné — du peu de consistance de notre amitié ! Fort heureusement, les relations de plage ne sont pas si bêtes et chacun entretient le même genre de raisonnement ; si bien qu'à l'exception de quelques amis véritables, nous ne cherchons jamais à nous fréquenter hors du sérail ; ce qui permet de nous retrouver au début du mois d'août en affichant un enthousiasme toujours égal et toujours aussi sincère.

II

La fin du christianisme

1

OH, DAIS !

— *Oh, dais,* je commence à me les geler ! lança fortement Labroni qui, sous sa tignasse frisée et ses grosses lunettes, avait toujours besoin de se faire remarquer.

Comme pour justifier cette exclamation, un souffle de vent frais souleva légèrement son aube au-dessus des galets. Quelques mètres plus loin, les autorités devisaient près d'une embarcation ornée de fleurs rouges. Des bouquets s'accrochaient tout autour du mât de ce grand canot, l'un des derniers bateaux de pêche professionnelle à Étretat.

Les pêcheurs du pays de Caux ont connu longtemps une existence âpre et cruelle. Toute la richesse normande se trouvait chez les cultivateurs, à l'intérieur des terres. Les marins de Fécamp et de sa région vivaient misérablement devant une mer dangereuse, sur cette côte de falaises inadaptée à l'aménagement de ports, avec ses étroites plages de galets. Chaque jour il leur fallait descendre, puis remonter les barques, en utilisant la force humaine et celle du cheval.

Ce rude artisanat ne pouvait survivre après la Seconde Guerre mondiale, face à l'essor de la pêche intensive et des chalutiers modernes. En cette année 1972, pourtant, subsistait à Étretat ce bateau de pêcheurs mis à contribution pour la Fête de la Mer, chaque jeudi de l'Ascension.

Sitôt arrivés sur le parking, nous avions enfilé nos aubes de petits chanteurs à l'intérieur de l'autocar. Une croix de bois autour du cou, nous nous étions rendus vers la plage en tenue immaculée, très à notre aise, comme des professionnels de la musique religieuse. Toute l'année, dimanche après dimanche, notre chorale arpentait la région pour y chanter des cantiques. La dernière fois, c'était au temple du Havre, au cours d'une cérémonie œcuménique entre catholiques et protestants ; bientôt viendrait le jour de la Fête des Malades, un office en plein air pour lequel on étalait sur des brancards quelques centaines d'agonisants. D'un côté, nous étions une bande de garçons de douze ans, pressés de faire des vannes et de courir les filles. De l'autre, nous prenions au sérieux notre mission artistique et spirituelle de manécantes. Pour l'heure, dans nos aubes agitées par la brise, sous un ciel clair parsemé de nuages blancs, nous attendions que le curé d'Étretat ouvre la cérémonie en présence du sous-préfet qui, cette année, honorait l'assemblée de sa présence.

— *Oh, dais,* je me les gèle vraiment ! répéta Labroni, comme pour insister sur les choses qu'il se gelait et informer l'assistance de sa virilité naissante.

— *Frais,* j'ai une touche avec la blonde ! affirma un grand, très sûr de lui, désignant du regard une fille aux seins avantageux qui se tenait au premier rang du public.

Les plus jeunes restèrent un instant subjugués par cette poupée Barbie outrageusement maquillée.

— Elle est *rien bath* ! répondit Pigeon, le gamin de la bande.

— J'me la ferais bien, insista le grand, tandis qu'une voix ironique commençait à fredonner le dernier succès de Claude François :

Il fait beau, il fait bon
La vie coule comme une chanson
Aussitôt qu'une fille est aimée d'un garçon.

— Un peu de silence dans les rangs ! répliqua une voix adulte, provenant des ténors et des basses.

Derrière nous, une vingtaine d'hommes de tous âges, des adolescents aux vieillards, patientaient dans leurs aubes de taille supérieure, tandis que le curé fendait la foule et s'approchait enfin du micro. Immédiatement, la chorale se resserra, sopranos à gauche, altos à droite, et retrouva la dignité qui convenait aux petits chanteurs de la manécanterie Saint-Thomas-d'Aquin du Havre.

« Dais » (qui signifie *dis donc !*), « rien » (*très*), « frais » (*formidable*) et d'autres expressions indiquaient que nombre de manécantes provenaient des quartiers populaires de cette grande ville ouvrière. Au début du XXe siècle, dans un but philanthropique, un homme d'affaires catholique, enrichi par le négoce florissant du port, avait fondé l'association Saint-Thomas-d'Aquin avec son club de sport, sa chapelle, sa chorale, sa colonie de vacances. L'un des buts était d'apporter à la jeunesse d'origine modeste des activités, distractions et rassemblements amicaux, sous le signe de la foi chrétienne.

Moi-même, je baignais depuis la naissance dans un catholicisme fervent. Après avoir hésité entre le monastère et le mariage, mon père conservait l'amour des ostensoirs et nous conduisait souvent, le dimanche, dans une abbaye des bords de Seine. Plus sociale que religieuse, ma mère voyait dans l'Évangile un premier manifeste en faveur de l'abolition des privilèges, conduisant à l'édification d'une société sans classes. Après le mariage, l'essentiel de leurs loisirs s'était d'abord polarisé sur les Équipes Notre-Dame, réunions amicales entre « ménages » chrétiens qui débattaient de questions religieuses et laïques. Mais cette forme de militantisme restait trop guindée pour la petite-fille de René Coty, poussée par un irrésistible élan vers cette vie normale, simple, populaire dont sa jeunesse l'avait frustrée. Elle fréquentait des prêtres ouvriers, apportait son aide aux démunis et répétait à ses enfants qu'ils avaient « beaucoup de chance » — ce qui résonnait presque à nos oreilles comme un péché.

Au moment de Mai 68, mon père avait reçu à son tour une décharge de modernité, un désir d'entrer pleinement dans le monde nouveau et de se *libérer*, comme on disait alors. En tant que fils aîné, j'avais accompagné les différentes étapes de ce cheminement. Remarqué dès l'école primaire pour mes excellentes notes au catéchisme, j'étais devenu au lycée un chrétien moderne, acquis aux valeurs d'égalité et de simplicité. Je regardais d'un œil dédaigneux tous ceux qui, d'une façon ou d'une autre, faisaient valoir les avantages de leurs origines sociales. Vers l'âge de dix ans, par amour de la musique, je m'étais inscrit dans cette manécanterie.

Saint-Thomas offrait un cadre idéal à l'abolition des barrières conventionnelles. Dans la France des années soixante-dix, au faîte de sa prospérité sociale-démocrate, milieux sociaux et générations désiraient se côtoyer sans tabous. La jeunesse et la diversité de Saint-Thomas-d'Aquin avaient séduit mes parents — quand bien même certains membres de la chorale les regardaient avec un brin de jalousie. On n'en parlait jamais, mais la chose se savait : au Havre, notre famille restait celle du président Coty, et celle du « docteur Charles » — mon grand-père, toujours député de la ville. En apparence, tout cela ne comptait pas et je ne me sentais guère différent des autres manécantes. Conscient des avantages dont je disposais depuis la naissance, j'étais seulement fier de pouvoir vivre comme mes camarades. Autant les jeunes bourgeois de Sainte-Adresse — le quartier chic du Havre — m'apparaissaient comme des étrangers ; autant je me sentais proche de ces petits chanteurs, majoritairement fils d'employés. Quelques-uns habitaient les quartiers de HLM sur les hauteurs du Havre, et je m'étais surtout lié avec une famille de six frères vivant à la cité de Caucriauville, dans un appartement donnant sur un terrain vague. François qui avait mon âge était devenu mon meilleur ami ; mais j'aimais aussi Dominique, son aîné, esprit vif et meilleur soprano de toute la chorale.

Rien ne m'enchantait comme d'aller passer la journée chez eux, dans cette ZUP récemment poussée à la périphérie de la ville. Je m'y rendais en bus, partant du quartier cossu où nous habitions, tout près du centre, puis traversant des hectares de zones pavillonnaires, avant d'arriver dans ces banlieues qu'on ne trouvait pas encore « sensibles ». À l'horizon se dressait un paysage de tours flambant neuves, officiellement conçues pour une vie meilleure que celle des vieux faubourgs insalubres. L'économie de la construction se drapait de nobles intentions avant de prendre son visage catastrophique. Dans leur barre de HLM, les six frères se partageaient quelques chambres (chez mes parents, nous avions chacun la nôtre), et je me sentais plein d'admiration pour leur façon de vivre, fier d'avoir ma place dans ce groupe bruyant où chacun parvenait à cultiver son style.

Après déjeuner, nous descendions avec François jouer sur le terrain vague couvert de mauvaise herbe. Dans cette zone périurbaine, la vie semblait livrée à elle-même, loin des ruelles protégées de mon quartier. De retour chez moi, j'éprouvais un sentiment poignant d'injustice à l'envers : j'aurais aimé grandir dans cette mauvaise herbe ; j'en rêvais encore le soir, dans mon lit, où je m'imaginais en héros de la zone, abattant courageusement les difficultés de la vie. Ma mère nous avait si bien transmis son mépris des riches, elle nous avait tellement laissé entendre que nous avions « beaucoup de chance » que j'en venais à regarder mes avantages comme une infortune et à envier ceux qui avaient beaucoup moins. François, de son côté, préférait passer l'après-midi chez nous, s'installer dans ma chambre confortable au-dessus du jardin où il passait des heures à lire. Nous nous sentions bien, chacun, l'un chez l'autre.

Les répétitions de la manécanterie se déroulaient le mercredi et le samedi. Le dimanche matin, au vestiaire, nous enfilions nos aubes, tels des sportifs de la religion, avant d'entrer en procession dans la chapelle, les mains jointes sous nos manches blanches. L'année connaissait un point culminant au cours de la semaine de Pâques, véritable marathon ponctué par une succession d'offices quotidiens, du jeudi au dimanche. Le vendredi saint — jour de deuil et de jeûne — était le plus folklorique, avec son rituel lavement de pieds. Pour évoquer la passion du Christ, tous les hommes défilaient devant une bassine où ils trempaient un pied nu, le pantalon relevé jusqu'aux genoux ; le prêtre, à genoux, les essuyait d'une serviette. La veillée du samedi soir durait tard dans la nuit, suivie par l'apothéose de la messe pascale, le lendemain matin, où nous chantions à tue-tête pendant deux heures d'affilée.

Chaque dimanche, après la messe, les femmes

entraient en action. Mères, épouses, sœurs de manécantes, elles n'étaient pas admises dans la chorale mais se chargeaient d'organiser la « cafétéria dominicale », une collation teintée de fraternité évangélique. Dans la sympathie générale qui suivait l'eucharistie, cet apéritif sans alcool offrait le prétexte d'échanges spontanés, tel un retour progressif vers la vie concrète. Dans la foule endimanchée, ma propre mère défendait ses positions sociales avancées. Elle goûtait modérément la séparation des femmes, réduites au rôle de ménagères chargées de servir leurs maris ; mais le féminisme n'avait guère atteint ces couches de la société provinciale ; si bien que cette résistante risquait de passer pour une bourgeoise un peu snob. À contrecœur, elle participait donc comme les autres au service de la cafétéria. Son sens de la discipline et de l'égalité sociale la poussait à accepter ce sacrifice ; son sens non moins aigu de l'égalité entre les sexes en souffrait. Certaines dames envieuses prenaient alors un discret plaisir à abuser de la situation : puisque la petite-fille du Président voulait jouer les femmes libérées, il fallait la presser pendant le service, lui faire les mêmes remarques sèches qu'aux nouvelles, dire que ses gâteaux n'étaient pas bons. Refroidis par ces attitudes sournoises du *staff* de la manécanterie, mes parents sympathisaient plus volontiers avec les moins riches et surtout avec les *jeunes*, chez lesquels ils trouvaient un meilleur écho à leur foi moderne, égalitaire et conviviale.

*

Comme chaque année, nous étions donc partis du Havre, en autocar, pour chanter la bénédiction de la mer à Étretat. La foule se regroupait à l'extrémité sud de la plage, près des barques et voiliers alignés sur les galets. Au premier rang du public se serraient quelques anciennes familles de pêcheurs et de commerçants, cette population autochtone le plus souvent invisible qui ressurgissait à l'occasion des manifestations municipales. Quelques représentants des familles parisiennes assistaient également au rituel. Quant à moi, âgé de douze ou treize ans, j'avais presque oublié que nos cousins possédaient une maison ici, que j'y avais fait mes premiers pas, que j'y étais venu souvent, tous ces dimanches où l'on nous traînait à La Ramée. Passé l'âge de raison, je n'éprouvais nul besoin de les revoir et, si je revenais ici, c'était simplement comme un petit chanteur du diocèse du Havre, dont ce bourg constituait une dépendance avec son vent froid, sa plage grise comme toutes les plages de la côte… mais aussi cette beauté surprenante, chaque fois que je redécouvrais les falaises encadrant le théâtre maritime.

Le curé avait revêtu sa tenue des grands jours : une soutane rouge brodée de fil d'or, recouverte d'un gilet de dentelle. L'assistance assez pieuse semblait prendre la cérémonie au sérieux, malgré l'agitation touristique mêlée au rituel religieux. Les appareils photo transformaient en folklore les ornements sacrés du XIXe siècle.

La voix du prêtre amplifiée par la sono énonçait les anciennes invocations des pêcheurs dans un crépitement moderne de parasites. Des voitures tournaient sur le parking ; puis toutes les têtes se levèrent tandis que le vol Paris-New York dessinait, comme chaque jour à la même heure, sa ligne blanche au-dessus des falaises.

Au moment d'embarquer pour aller bénir les flots, le curé traduisit en français le message qu'il allait adresser aux éléments :

— *Usque huc venies et non procedes amplius* : « Tu viendras jusqu'ici et tu n'iras pas plus loin ! »

Depuis des siècles, on priait ainsi la mer de s'arrêter sur ce rivage, sans s'aviser d'engloutir les terres. Elle s'y risquait parfois lors des tempêtes hivernales, quand des vagues énormes débordaient le Perrey et qu'on retrouvait des galets jusqu'au cœur d'Étretat ; et ce message prémonitoire semblait aussi vouloir prévenir les transformations qui, bientôt, menaceraient les terres émergées, du fait du réchauffement climatique et de l'élévation du niveau des océans.

Quand le curé eut fini de parler, notre chef de chœur — un homme rond et nerveux, passionné de musique — souffla dans son diapason pour donner la note juste ; puis il fronça les sourcils, leva les mains, battit la mesure et lança le premier morceau du programme : *Tu es notre route*, un cantique adapté à l'air du temps par quelques discrètes syncopes. Cette pâle imitation de gospel soulignait le côté désuet du nouveau répertoire liturgique, en comparaison de la musique sacrée. Mais nous ouvrions grande la bouche, donnions de la voix avec enthousiasme dans ce chant à la gloire du Seigneur. Pendant ce temps, le prêtre avait soulevé sa robe pour grimper dans le bateau et son geste prosaïque produisait un nouveau contraste avec le mystère de la cérémonie. Des hommes poussèrent le vaisseau ; puis le moteur toussota et l'embarcation s'éloigna tranquillement pour s'immobiliser au milieu de la baie, suivie par la barque de la municipalité. Alors, tandis que les manécantes entamaient a capella le *Notre Père* de Rimski-Korsakov, l'homme d'Église, dressé sur sa barque, trempa un manche de croix dans les flots et accomplit sa bénédiction, offrant aux photographes amateurs un impérissable souvenir de week-end en Normandie.

Après l'office, je retournai vers l'autocar avec mes camarades. Le moment était venu d'ôter les aubes et de retrouver nos habits de ville avant la distribution des cartons. Car la Fête de la Mer était un jour important pour les manécantes : nous recevions en effet, chacun, une invitation à déjeuner « chez l'habitant », offerte par les autochtones, les propriétaires et les restaurateurs d'Étretat. J'aurais certes pu me rendre chez mes cousins, mais l'idée ne m'effleurait même pas. Je n'avais aucune envie de m'ennuyer dans cette famille lointaine, quand je poursuivais un tout autre but : une sortie au restaurant restait en effet, pour nous, un événement exceptionnel. Peut-être y étais-je allé deux ou trois fois dans ma vie. Avec François et Luc-Marie, mes deux meilleurs amis, notre seul désir était donc d'obtenir ce privilège : une invitation au restaurant, plutôt que chez l'habitant ; mais il fallait se montrer plus rapide que les autres, lever le doigt au bon moment, mettre le responsable de notre côté.

Cette année-là, notre tentative fut couronnée de succès, puisque le carton indiquait : « repas pour trois personnes à l'Aiguille creuse, place du Général-de-Gaulle ». De cet établissement gastronomique, aujourd'hui remplacé par un fast-food, je conserve un souvenir digne de la Tour d'Argent. Sans doute s'agissait-il d'une gargote pour touristes ; mais la table était agréable, le service feutré, et je salive encore au souvenir des quenelles de brochet.

Après déjeuner, en attendant le retour au Havre, nous avions traîné dans les rues, afin de dépenser à la fête foraine quatre ou cinq francs d'argent de poche dont nous disposions. Luc-Marie avait tiré à la carabine ; François avait tenté de pêcher une pochette-surprise en actionnant une grue enfermée sous un globe en plastique. J'avais fini par gagner à la loterie une boîte de haricots verts et une bouteille de vieux-papes. Assez joyeux, nous devisions ensemble le long du boulevard René-Coty (chaque ville de la région avait son boulevard René-Coty, si bien que je n'y prêtais guère attention). Quantité d'affaires nous préoccupaient : un *ado* s'était fait renvoyer de la *mané* pendant un mois, après avoir insulté l'aumônier ; pour le punir, son père l'avait battu et, comme cet homme était boucher, on imaginait une scène atroce. Un autre *sortait* avec la fille de Roger, un des principaux responsables de la chorale ; François affirmait qu'ils avaient *fait l'amour.* Passant aux questions économiques, j'avais rapporté une information selon laquelle la raffinerie pétrolière de Gonfreville, près du Havre, serait *la plus grande du monde,* ce qui m'emplissait de fierté. Tout en bavardant, nous déambulions rue Notre-Dame, devant ces villas que j'avais un peu oubliées : le long de la chaussée s'étageaient des bonbonnières ouvragées, des pavillons gothiques entourés de jardins immenses ; et partout, ces plaques d'immatriculation : « 75 », « 78 », « 92 ».

Un peu avant d'arriver à l'église, nous avions tourné à droite pour regagner le parking, et j'avais aperçu soudain, au bord de la route de Fécamp, la barrière de La Ramée donnant sur le jardin, avec ses serres et sa charmille couverte de roses. Un peu plus loin, j'avais reconnu le perron de bois blanc et ses volutes chinoises. Plusieurs voitures étaient garées sur les graviers, dont une belle Peugeot 404 rouge. Je me rappelais parfaitement que cette maison appartenait à la sœur de ma grand-mère, qu'une flopée de cousins y débarquait pour les vacances, que j'y avais passé moi-même un certain nombre d'après-midi. Tout cela restait à la fois étranger et familier. Cette barrière dessinait une limite que je n'avais, pour l'heure, aucune envie de franchir, tandis que nous continuions à fredonner entre copains : « Il fait beau, il fait bon, la vie coule comme une chanson... »

À La Ramée se déroulait une histoire que je m'imaginais bien plus *parisienne* ; si bien que je me serais senti intimidé à l'idée d'entrer, de dire bonjour, d'embrasser les cousines de ma mère venues passer le week-end de l'Ascension. Tout à ma condition de petit chanteur havrais, j'ignorais que, derrière ces murs, quelques cousins de mon âge (qui, eux non plus, ne fréquentaient guère le restaurant) avalaient une portion de viande hachée et s'entendaient répéter qu'ils avaient « beaucoup de chance ». Dans cette vaste demeure où la hampe d'un drapeau rappelait le souvenir du Président, leur gentille maman (celle qui m'offrait des chewing-gums quand j'étais petit) saurait mettre en valeur, au moment du goûter, un carré de chocolat sur un morceau de pain comme un luxe inouï — quand tant de garçons et filles ne mangent pas à leur faim. Ici comme au Havre, le souvenir de l'illustre aïeul restait embarrassé. On apprenait à se montrer discret, sans bien savoir si c'était par honte ou par fierté. Ici, comme chez nous, il importait surtout d'être modeste, de vivre simplement, d'aller à la messe, de partager avec les pauvres et de faire chaque soir sa prière. Ignorant ces similitudes, je voyais se dresser la façade opulente de La Ramée, tandis que nous poursuivions, avec mes camarades de la ZUP, notre promenade digestive, heureux d'avoir dégusté un repas gastronomique dans un restaurant d'Étretat.

2

UNE REVUE

Affalé sur un fauteuil du théâtre, Jacques Laurier émit un ricanement avant de mâchonner, dans ses bajoues satisfaites de vieux notaire :

— Mais non, ma petite Yvette, on n'y croit pas du tout. Pensez à Mistinguett, dandinez-vous, que diable ! Un peu de chair, de générosité, il faut que ça émoustille. Reprenez : trois, quatre…

Une nouvelle fois, le pianiste attaqua « Oui, je suis d'Paris », un *one-step* enjoué comme on les adorait dans les années trente. Sauf que la blonde Yvette, sous sa jolie silhouette, paraissait incapable d'oublier son air de sainte-nitouche, sortie d'un pensionnat religieux, pour se transformer en danseuse lascive des Folies-Bergère.

Chaque année, Jacques Laurier passait une partie de ses vacances à diriger les répétitions de la revue, après avoir lui-même concocté les *lyrics.* Sous sa plume, le « Oui, je suis d'Paris » créé par Mistinguett s'était donc transformé en « Oui, j'suis d'Étretat », avec de nouvelles paroles parsemées d'allusions à la plage, au golf, aux parties de tennis, aux périssoires, aux pâtisseries

Lecœur, aux cabines de bain, aux familles d'estivants. Ce répertoire à clés réjouissait ceux qui, depuis tant d'années, passaient leurs vacances ensemble, grandissaient ensemble, vieillissaient ensemble. Il n'en fallait pas davantage pour garantir le succès du spectacle, présenté chaque dernier samedi du mois d'août. Depuis plusieurs semaines, des affiches placardées chez les commerçants du village annonçaient la prochaine édition de la revue intitulée : *Étretat, scène maritime.*

Sur le plateau du casino (qui servait habituellement de salle de cinéma), une dizaine de messieurs d'âges variés faisaient office de *boys.* Déguisés en marins, béret à pompon sur le crâne, vareuse à rayures bleues et blanches, ils n'avaient pas non plus la souplesse de danseurs professionnels ; mais un comique involontaire émanait du groupe où l'on reconnaissait la moustache d'un cadre supérieur chez Total, le ventre replet d'un directeur de chaîne de distribution alimentaire et celui, plus élancé mais très pâle, d'un agrégé de droit, toujours fidèle au spectacle qui clôturait la saison estivale. Ils avaient beau s'appliquer au milieu des plus jeunes, le manque de sensualité de leurs gestes provoquait plutôt le sourire — surtout quand ils soulevaient la pudibonde meneuse de revue. Mais il fallait compter sur cette joie complice d'un public qui connaissait chaque figurant et comprenait ce que ces déguisements d'artistes avaient d'incongru. La bourgeoisie, à ses heures perdues, aime éprouver ainsi l'ivresse du spectacle ; si bien que Jacques Laurier, résigné, songeait que ce numéro final obtiendrait à coup sûr un vif succès. Fermant à demi les yeux, il contempla les robes des *girls* qui — du moins — rappelaient joliment le style charleston.

Le notaire savait de quoi il parlait. Depuis ses dix-huit ans, en 1919, il avait vu pas moins de trois cents revues et spectacles musicaux dans tous les théâtres de la capitale, des cabarets de Montmartre aux immenses scènes de l'ABC ou du Casino de Paris. Durant les années précédant son mariage, il y consacrait l'essentiel de ses loisirs, apprenant à distinguer les diverses catégories de chanteurs : « comiques troupiers » comme Ouvrard, presque émouvant dans le rôle du provincial au régiment ; « chanteurs idiots » comme Dranem, interprétant ses fameux *Petits pois*, l'air affligé par la stupidité de ce qu'il disait. Il aimait également les rois de la parodie, tels Andrex ou Georgius et son *Omnibus de Coucy-les-Coucous*, entendu pendant la guerre sur l'orchestre haletant de Pierre Chagnon… Sans oublier l'idole des idoles, Maurice Chevalier, dans les couplets si bien troussés de *Ma poule* ; ni toute cette vague de chanteurs de jazz : Johnny Hess, Charles Trenet, Jean Tranchant, et tant d'autres *crooners* qui avaient donné aux refrains de Paris un ton nouveau.

S'il aimait les chanteurs, Jacques Laurier préférait toutefois les chanteuses qui le touchaient par leurs refrains et l'émoustillaient par leurs rondeurs, leurs jambes, leurs allusions coquines. Mistinguett chantait presque faux, elle n'était pas très belle, mais elle incarnait divinement la gouaille, l'audace, l'absence de scrupules. Joséphine Baker ne valait guère mieux par la voix, mais son timbre fragile et son accent lui donnaient un charme fou. Sans parler de figures plus délurées comme Marie Dubas dans *Pedro*, Jeanne Aubert et son *Cul sur la commode*, ou cette petite Suzy Delair, devenue célèbre avec son *Tralala*. Enfin, quand ce passionné avait fait le tour des chanteuses légères, il pouvait encore s'agenouiller religieusement devant un cortège de dames en noir, reines blessées du répertoire réaliste où l'on souffre, où l'on boit, où l'on meurt à chaque chanson : Damia, Fréhel, Berthe Sylva, Édith Piaf.

Maître Laurier ne fréquentait guère ces artistes. Fils de notaire devenu notaire, quelque part entre Paris et province, ses affaires l'ennuyaient agréablement dans un milieu convenu, mais il en supportait la charge contre certains avantages : de belles propriétés, des tableaux rares, des automobiles, des chasses en Sologne... et surtout ce bonheur de s'échapper pour aller au spectacle, se fondre dans la foule parmi d'autres bourgeois, employés ou rentiers, tous également fervents pour applaudir leurs idoles. Il aurait pu entretenir une danseuse, comme les notables de la IIIe République ; il s'était contenté de voir et revoir ces artistes en scène, de suivre les couplets sur leurs lèvres, d'acheter leurs partitions, petits formats illustrés qu'il faisait relier comme de véritables reliques. Cette collection l'aidait à préparer la revue du mois d'août qui constituait, chaque année, son propre moment de gloire comme auteur, metteur en scène et chansonnier. Ce soir encore, à soixante-dix ans, le notaire allait grimper sur le plateau pour interpréter — avec un talent qui ferait oublier le reste du spectacle — son nouveau numéro intitulé « À tout bout de chant ».

Plus ambitieux professionnellement, Jacques Laurier aurait suivi la voie de son frère, important notaire parisien absorbé par les affaires. Cela demandait trop d'énergie ; c'est pourquoi il avait préféré cette étude dans le Val-de-Marne qui lui laissait le temps de dépenser sa fortune en menus plaisirs. À Étretat, il avait acquis Le Camondet, un bâtiment spectaculaire accroché au flanc sud de la falaise. Détenu autrefois par le président Casimir-Perier, c'était un immense chalet fantastique, une chaumière normande revue par Louis II de Bavière, avec son empilement d'appentis et de corniches qui épousaient la pente sur huit étages, depuis le « petit Camondet » où festoyaient les jeunes, jusqu'au « grand Camondet », partie supérieure réservée aux adultes avec sa terrasse, ses jardins et ses pièces de réception.

La famille de Jacques Laurier comptait parmi les plus anciennes de la station. Dans son ouvrage sur Étretat, Raymond Lindon signale sa présence depuis 1854, et cette lointaine mémoire lui conférait une place privilégiée dans la hiérarchie des « vieux galets » — cette amicale informelle de la bourgeoisie en vacances, aux degrés d'ancienneté rappelant ceux de la noblesse. Toute la côte normande connaissait de pareils usages. De Dieppe à Houlgate, une même société parisienne en goguette se retrouvait chaque été, fière d'elle-même, défendant la supériorité de ses bains de mer et de ses divertissements. De temps à autre, l'apparition régulière d'une brillante figure artistique ou politique rehaussait le lustre d'une station, dans une concurrence où celle-là pouvait brandir son peintre, celle-ci son milliardaire ou son romancier à succès. Avec Maupassant, Monet, Offenbach, Maurice Leblanc, Étretat tenait le haut du pavé. Et elle avait encore marqué quelques points dans les années cinquante, au temps des séjours du président Coty.

Celui-ci n'avait pas l'ancienneté des « vieux galets », mais son titre de ministre lui avait permis de s'intégrer facilement à la société locale, dès l'achat de La Ramée en 1948. Six ans plus tard, le 15 août 1954, Raymond Lindon, grand juriste parisien et maire d'Étretat, accueillait en grande pompe le nouveau président de la République sur la place du village, ornée de drapeaux. Venus en visite privée, pour la première fois depuis l'élection, René et Germaine Coty n'avaient pas manqué d'aller serrer quelques mains amies sur la plage. Quelques jours plus tard, au cours de la revue estivale, Jacques Laurier évoquait l'événement dans un sketch intitulé *Du côté du coteau.* Il y donnait la réplique au fils du maire, Jérôme Lindon, connu des amateurs de littérature comme patron des confidentielles Éditions de Minuit ; son goût littéraire plutôt sévère ne l'empêchait pas de participer régulièrement au divertissement de fin de saison.

Pendant plusieurs années, Étretat avait guetté

l'arrivée des motards et de la Frégate présidentielle. Lorsqu'on apercevait le chef de l'État sur le Perrey ou dans les allées boisées, chacun se demandait s'il valait mieux l'aborder spontanément, comme un Étretatais parmi d'autres, ou le laisser à ses réflexions d'homme d'État. Plein d'attention pour ses interlocuteurs, sur un ton chaleureux auquel il feignait de croire lui-même, le Président n'en restait pas moins impénétrable. Il sortait peu et une invitation à La Ramée demeurait exceptionnelle. Jacques Laurier connaissait un peu mieux ses deux filles, Élisabeth et Madeleine. Quant à cette flopée de « cousines », elles étaient ravissantes sous leurs manières de bonnes chrétiennes. Quelques-unes avaient du répondant ; mais elles ne semblaient guère comprendre, dans ces années-là, quelles proies elles étaient devenues du fait de leur position sociale. Au contraire, on aurait dit qu'elles cherchaient à le faire oublier et à s'excuser en participant, chaque été, avec humour et simplicité, aux numéros de la revue. Elles avaient d'ailleurs fait des mariages plutôt modestes, sans prêter attention aux riches possibilités qui s'offraient.

Tout cela restait convenable, parfaitement convenable… En vieil ami du music-hall, Jacques Laurier observait toutefois, l'œil goguenard, comment les personnages les plus vertueux se relâchent parfois le temps d'un numéro, pour dire en chantant ce qu'ils ne font jamais dans la vie. Par une étrangeté de la nature, ces ingénieurs sérieux, ces femmes rigoureuses et ces enfants sages éprouvaient le besoin de se donner en spectacle. Et, dans le cadre des vacances, tout devenait acceptable, jusqu'aux attitudes osées de certaines filles de bonne famille, à condition que les robes soient cousues par leurs mères, que cela parle d'Étretat et s'adresse au public d'Étretat. De telles pensées glissaient dans l'esprit du notaire, occupé à régler le numéro final et les mouvements de cette Yvette — qui commençait timidement à se relâcher :

— Oui, c'est cela : plus de sexe, plus de chair, plus d'audace quand vous remuez… Je sais bien que ce n'est pas dans vos manières mais, que voulez-vous, le spectacle, c'est le spectacle. Trois, quatre !

3

MERDE POUR L'AUTORITÉ

Au milieu du XIXe siècle, quelques riches Parisiens avaient jeté leur dévolu sur les falaises du pays de Caux. Enrichis par la révolution industrielle, attirés par la proximité de la mer, entraînés par des artistes amoureux de cette région, ils commencèrent à édifier sur toute la côte des villas extravagantes. À peine saurions-nous imiter cet artisanat de la pierre et du bois, ces sols de mosaïques finement dessinés, ces murs lambrissés, ces frises exotiques, cette magie des toits et des balcons : toute la frénésie du second Empire, bientôt chavirée par l'Art nouveau. Le moindre édifice de cette époque ressemble à une œuvre merveilleusement élaborée, en comparaison des pavillons de parpaings et des *salles polyvalentes* qui font aujourd'hui la fierté de nos villages.

Inauguré en 1852, le premier casino d'Étretat, tout de bois et d'ardoise, se prolongeait devant la mer par une terrasse couverte, sur des piliers en fer forgé. Il comprenait une salle de bal et de théâtre, une salle de concert, un bar et un restaurant, des salons de jeu, de lecture et de conversation. Le programme d'été proposait trois spectacles par semaine, des soirées dansantes et même des bals d'enfants... Chaque mois d'août s'achevait par la « Revue des pauvres », spectacle organisé à des fins charitables. Entre deux succès à Paris et à Vienne, Jacques Offenbach y tenait parfois la baguette. Dans sa propriété, il donnait également des fêtes dont on a conservé le programme et les affiches, comme celle-ci :

Grande symphonie
de la
MER DE
Jacques Offenbach
POUR
les malades, avec la permission de
L'AUTORITÉ

Une amie d'Étretat possède, dans sa maison, plusieurs fresques amusantes montrant les estivants de l'époque, déguisés en singes et autres animaux, en train de batifoler dans les flots verts. On y retrouve ce grain de folie — dadaïste avant l'heure — qui perturbe sérieusement les premières opérettes d'Offenbach : *Oyayaye ou La Reine des Îles* et autres *anthropophagies musicales* chères aux oreilles (pourtant sévères) d'André Breton.

Le « Merde pour l'autorité » d'Offenbach n'avait rien de révolutionnaire. Démonter la société par le rire ne l'empêchait pas d'être un bourgeois plutôt sage. Nouveaux riches et artistes insolents faisaient plutôt bon ménage, en ce temps-là. Installé dans un atelier devant la plage, Gustave Courbet peignait sa célèbre *Vague*, aujourd'hui exposée au musée d'Orsay. Des années plus tard, Guy de Maupassant se souviendrait l'avoir vu travailler avec, sur la cheminée, une bouteille de cidre. L'écrivain croisait également Claude Monet, adepte de la peinture en plein air, toujours « suivi d'un enfant qui portait ses toiles, cinq ou six toiles représentant le même sujet à des heures diverses et avec des effets différents ». Au fil des voyages, je me suis enchanté de retrouver, dans un musée de Boston ou de Chicago, ces falaises bleues, ces falaises roses, et mille variations de lumière attrapées sur les galets d'Étretat.

Proche d'Eugène Le Poittevin — le peintre qui avait lancé la station —, Guy de Maupassant passa lui-même toute son enfance dans une maison achetée par sa mère à côté de l'église. Des années plus tard, employé au ministère de la Marine, il retournait aussi souvent que possible arpenter la plage, si proche de celle d'aujourd'hui : « Les propriétaires descendent à la mer invariablement tous les matins (le ciel le permettant) vers dix heures. Autour des dames et à leurs pieds, les hommes que n'absorbe pas le Casino s'assoient et se couchent sur le galet, lorsque leur âge le leur permet, et les conversations s'engagent et se poursuivent jusqu'à onze heures et demie. À quatre heures de l'après-midi, on redescend à la plage. Même tableau que le matin. »

Devenu célèbre, il acheta un terrain sur la route de Criquetot qui s'enfonce à travers champs et fit construire « La Guillette », une bâtisse de couleurs vives avec son crépi jaune, son toit rouge, ses potiches et ses vitraux. Il y donna plusieurs fêtes mémorables, à l'abri d'une enceinte suffisamment haute pour exciter l'imagination des voisins — toujours prompts en ragots sur ses mœurs dépravées.

Aujourd'hui, le même portail, surplombé de deux dragons en céramique, sert à protéger le jardin des indiscrétions touristiques. La gentillesse de la propriétaire m'a permis d'y séjourner, dans une chambre du premier étage dont la vue plonge sur la « caloge » de l'écrivain, toujours plantée au milieu du jardin : une barque aménagée en appartement pour son valet de chambre. À la nuit tombée, j'éprouvais un plaisir d'esthète à l'idée que j'étais en train d'écrire chez Maupassant… Celui-ci s'éloigna pourtant d'Étretat dont il ne supportait plus le climat trop frais, pour s'en aller vers le sud, à Antibes et jusqu'à Palerme.

*

Sur les murs du *Train bleu*, le restaurant de la gare de Lyon, d'immenses paysages méditerranéens semblent représenter un paradis perdu. Ces fresques de la fin du XIXe siècle, aux couleurs fraîches et vives, montrent une campagne accueillante, où l'on respire les fleurs sauvages dans la pénombre des sentiers. Quelques bourgs fortifiés se dressent à l'horizon. La Côte d'Azur paraît idyllique avec ses plages encore vierges et ses villages de pêcheurs, sans corsets de lotissements. Ni parkings, ni centres commerciaux, ni lignes électriques, mais seulement quelques ânes au bord des chemins. Vêtues de robes provençales, des paysannes gardent leurs troupeaux sur les collines fleurant bon la lavande et le pin. Dans cette gare où les trains partent vers le soleil, on a déjà l'impression d'accomplir un voyage ; le monde est *beau*, tel qu'il était vraiment, ou comme on a voulu le montrer aux passagers des chemins de fer en fabriquant ce merveilleux dépliant publicitaire.

Un jour, déjeunant sous ces fresques avec un ami, je m'interrogeais sur cette beauté perdue et sur le monde dépaysant qui s'offrait aux voyageurs, quand des trains de plaisir les conduisaient vers les bains de mer ou les montagnes encore vierges. Comme je rêvais à voix haute devant l'une de ces peintures, montrant le port de Saint-Tropez bien avant le déversement des cars touristiques et des yachts hideux qui ferment l'horizon, mon camarade répliqua :

— C'est vrai, le monde était merveilleux... pour un tout petit nombre de personnes. Ceux qui pouvaient admirer les paysages pour leur plaisir, s'en aller à la découverte des villes et des campagnes, y trouvaient des enchantements disparus. Le personnel était abondant, peu coûteux. Des usines aux campagnes, toute une société assurait le bien-être de la bourgeoisie.

Quoique peu démocratique, cette conception

du luxe m'a toujours hanté comme un bonheur fugace englouti par l'industrie des loisirs. Nos grands-pères pouvaient bien se livrer aux atrocités de la guerre, s'exciter à la conquête des cinq continents, exploiter la femme et le prolétaire. Venu au monde un siècle plus tard, dans une époque de plus en plus soumise à la banalité fonctionnelle, je me suis pris à rêver de ce moment où la bourgeoisie s'inventait aussi une esthétique. J'en ai goûté les restes sans en avoir les moyens, me faisant inviter sous de faux prétextes dans de vieux palaces posés sur des rochers. J'aime ces jolies demeures et ces campagnes d'autrefois où je peux m'inventer une élégante bohème au parfum périmé.

Inversement, ma mère qui — jeune fille — avait goûté ce luxe finissant, quand son grand-père l'emmenait par le train présidentiel dans une somptueuse villa de Menton, retenait surtout de ce temps-là ses contraintes, sa morale hypocrite, son inégalité sociale criante. À ses yeux, le seul rêve de liberté consistait à pouvoir travailler pour un modeste salaire, à parler simplement et spontanément, à se montrer naturelle, à briser le corset de la hiérarchie... Aujourd'hui l'ancien monde achève de disparaître, balayé par un flot d'urgences nouvelles ; et je ne me lasse pas de retrouver son empreinte encore visible dans la plupart des villes d'Europe, avec leurs jardins publics, leurs kiosques à musique, leurs gares aux toits de fer, leurs théâtres et leurs boulevards. J'aime retrouver dans les stations thermales la trace d'une autre vie et son bonheur désuet ; autant de signes épars d'une civilisation disparue qui n'a pourtant pas fini de nous occuper l'esprit avec sa peinture, sa musique et sa littérature — toute cette belle modernité si proche et si mystérieuse, comme une ancienne photo de famille.

Après les destructions de la Seconde Guerre mondiale, on avait reconstruit à Étretat un casino en béton armé qui se voulait moderne mais faisait déjà banlieue. La salle de jeu restait le plus souvent déserte. Au dancing ne se donnaient plus de bals mais seulement quelques soirées à thèmes pour les clients du camping. Quant à la salle de spectacle, principalement dévolue au cinéma, elle retrouvait une fois par an son allure de théâtre — avec sa régie, son piano, ses fourmis laborieuses préparant décors et costumes — pour un rituel presque inchangé depuis la « Revue des pauvres » d'Offenbach.

Comme chaque dernier samedi d'août, Jacques Laurier serait, ce soir, le maître de cérémonie. Mais il fallait maintenant libérer le plateau pour la répétition des enfants. Entassés derrière la scène, une vingtaine de bambins attendaient leur tour en costumes de *Saturnin le petit canard*, héros d'un feuilleton télévisé pour la jeunesse. Le notaire salua sa troupe et lui donna rendez-vous à vingt heures précises. Il retrouverait auparavant son pianiste pour revoir ses nouvelles chansons. Passant par la coulisse, il encouragea plusieurs gamins en leur tapotant l'épaule ; puis, comme le soleil tapait fort, il coiffa le canotier assorti à son costume clair.

Sortant du casino par la terrasse, il s'arrêta un

instant devant la plage et admira, vers l'aval, cette grande arche rocheuse semblable à une trompe d'éléphant plongeant dans la mer. Se tournant vers le nord, il observa — pour la millième fois — l'étroite falaise d'amont, moins spectaculaire que l'autre. On apprenait pourtant à préférer ce mur de craie blanche, doré par le soleil, comme une falaise de Chypre. Il suffisait de prendre son temps ; les paysages s'embellissent à force d'être admirés.

Enfin, Jacques Laurier descendit l'escalier et s'avança vers les cabines devant lesquelles d'autres estivants s'apprêtaient à prendre leur bain. Il était presque une heure. Il adressa un salut aux jeunes femmes de La Ramée qui papotaient en compagnie de leurs mouflets ; puis il avança de groupe en groupe et serra d'autres mains comme dans une revue militaire. Un docteur lui demanda : « Alors, cette revue 1972, ce sera un grand cru ? » Plus bas, sur les galets, des adolescents se regroupaient entre les périssoires retournées qui formaient des abris naturels, propices aux blagues et aux flirts. Jacques Laurier entra dans sa cabine, avant d'aller retrouver ses amis à la limite des flots.

Ce midi, sous le ciel parsemé de nuages cotonneux, de jolies vaguelettes s'arrondissaient dans la lumière ; et leur mince torsade courait le long du rivage en traînant derrière elle un sillon d'écume. Chaque jour, à cette heure précise, la même bande de sexagénaires enfonçait les pieds dans l'eau. Le ventre arrondi, la peau flétrie, ils montraient une certaine assurance dans leur nudité, sur cet amas de caillasse grise, et plaisantaient comme des étudiants. La mer froide mordait leurs pieds, toujours aussi cruelle, mais Jacques Laurier, comme les autres, savait qu'après l'épreuve cet effort produirait un effet délicieux et le mettrait en appétit pour déjeuner.

Un peu plus loin, deux enfants hésitaient sur les galets. Leur peau blanche, leurs cheveux blond châtain, leurs visages parsemés de taches de rousseur les désignaient comme deux petits Normands. La fillette suivait son frère sans conviction ; soudain, le garçon se retourna vers elle et s'écria :

— *Oh, dais*, elle est *rien* froide !

À cette tournure bizarre, Jacques Laurier le regarda, sourire aux lèvres. Il avait reconnu l'accent des faubourgs du Havre et de la campagne environnante. Malgré son statut de riche Parisien en vacances, il avait le sentiment que ces gamins et sa bande de vieillards appartenaient un peu à la même famille d'Étretat.

4

LA FIN DU CHRISTIANISME

Nous étions cinq enfants. Cadre aux services administratifs du port du Havre, mon père gagnait un salaire juste suffisant. Rappelant cependant la « chance » que nous avions, ma mère avait raison au moins sur un point : sa propre mère nous avait acheté une jolie maison au cœur de la ville. Pour le reste, nous menions une vie simple où le superflu n'avait pas de place : ni télévision ni bandes dessinées, sauf sous la forme de journaux catholiques éducatifs : *Pomme d'api* et *Fripounet*. Quand un peu d'argent de poche fit son apparition, nous apprîmes à en reverser une partie, pendant le Carême, dans une boîte destinée aux enfants du tiers-monde.

Dans ces conditions, notre premier séjour aux sports d'hiver apparut comme un événement luxueux. Grâce à la carte de réduction de 75% sur les tarifs de la SNCF, toute la famille se rendit, par train-auto-couchette, chez des amis qui possédaient un chalet en Haute-Savoie. On loua de vieux skis en bois et des chaussures à lacets — tout en lorgnant, fascinés, les modèles neufs et coûteux de *Dynastar,* réservés à ceux qu'on regardait avec dédain comme des « gosses de riches » ou, pis encore, selon l'expression de ma grand-mère, des « nouveaux riches ».

Plus au large financièrement et moins concernées par le christianisme social, Solange et Brigitte, les deux sœurs de ma mère, sacrifiaient davantage aux habitudes bourgeoises. Elles allaient à la chasse, donnaient des cocktails. Officiellement, rien ne nous différenciait de nos cousins, auxquels nous étions très liés. Je sentais bien pourtant que mes parents n'approuvaient guère ce train de vie. Quant à moi, je restais partagé entre mon adhésion au socialisme familial et une certaine envie devant ces facilités inaccessibles : skier à La Plagne, lire *Pif gadget* ou *Mickey Parade,* regarder la télévision, avoir des aquariums et des microscopes, agrandir chaque année son « circuit 24 ». Ces différences ne nous empêchaient pas de nous retrouver chez nos grands-parents, le jour de Noël, comme une tribu parfaitement unie, robe écossaise pour les filles, culotte grise et chandail rouge pour les garçons.

Fière de ses enfants, attentive à notre éducation, notre mère se montrait ferme dans ses principes. Passionnée de psychologie, elle savait relativiser les faiblesses humaines pour accorder à chacun le droit aux pires erreurs... mais elle se montrait plus exigeante pour les siens. Sous son physique de Normande rieuse, un peu timide, c'était une jeune provinciale volontaire, aimant la marche et l'effort. Quelque chose dans son attitude hésitait cependant entre la bourgeoise havraise et la femme libérée. Elle portait encore un collier de perles sous son anorak ; mais rien ne faisait vaciller un code moral fondé sur la modestie et l'engagement de terrain. Parmi ses protégés figuraient deux orphelins qui vivaient chez une pauvre grand-mère, dans un quartier pouilleux en bordure du port. Ils venaient parfois passer l'après-midi chez nous, et ma sœur, à son tour, rêvait devant leurs destins : elle aurait aimé connaître un malheur si noir, endurer la souffrance et le martyre, quand la vie lui demandait seulement de se comporter en petite fille modèle.

Ces valeurs généreuses — l'effort, la justice, le partage — entretenaient cependant une conception légèrement faussée de l'existence, selon laquelle chacun devait vivre d'abord « pour les autres ». La sensibilité aux injustices tendait à négliger certaines dimensions apparemment plus futiles, comme le sens du plaisir, le goût de l'aventure, l'esthétique, la séduction... En fait, la « question sociale » était, depuis longtemps, la préoccupation de toute cette famille. Mes grands-parents Charles n'avaient jamais caché leur dégoût pour l'étalage de luxe ; et le grand-père Coty, en plein Front populaire, s'énervait déjà tout seul « contre l'égoïsme des riches ». Pour ces raisons, ma mère, spontanément rebelle au style mondain, était devenue l'enfant chérie de ses parents qui jugeaient parfois ses sœurs un peu superficielles, avec leurs réceptions et leurs amis à grosses voitures.

Le tempérament de mon père restait davantage pétri de grâce et de péché. Grand jeune homme nerveux, sympathique et spirituel, sa voix haut placée lui donnait des intonations démodées. Aîné de dix frères et sœurs, il avait grandi dans un milieu qui comptait son lot de prêtres et de religieuses. Sa sœur et ma mère avaient sympathisé à l'école. Invitée dans cette maison pleine d'enfants, où un certain manque d'argent se devinait, celle-ci s'y était aussitôt sentie heureuse. Cette vie toute simple tranchait sur la pompe des Coty. À la fin de l'adolescence, ils avaient formé une bande qui se retrouvait dans les mêmes surprises-parties, et la religion servait de ciment à leur groupe. Mais, à présent, le monde changeait de plus en plus vite. L'indignation de ma mère devant l'inégalité des classes et des sexes se doublait d'une curiosité croissante pour la psychanalyse et les déterminations intimes de l'être humain. Mon père découvrait qu'on ne peut vivre exclusivement pour Dieu ni pour les autres. Quant à moi, j'étais en passe de devenir le plus radical porte-parole de la Révolution sociale-chrétienne.

L'association Saint-Thomas-d'Aquin fut le théâtre de ces transformations fulgurantes. Quand j'étais entré à la manécanterie, le chœur des petits chanteurs en aube entonnait encore pour la grand-messe des motets de Lully, Rameau, Haendel. Relégués à la sacristie, les *ados* en train de muer se contentaient d'agiter des encensoirs autour du curé. À la fin de l'office, une organiste célibataire luttait avec les deux claviers et le pédalier pour atteindre l'extase dans les pleins-jeux d'une toccata de Boëllmann ou de Widor. À partir de 1972, notre chorale allait connaître une révolution culturelle, moins violente que celle de Chine populaire, mais également fondée sur l'idée d'une suprématie des *jeunes* invités à bousculer les certitudes de leurs aînés. À ces bouleversements, nous allions tous euphoriquement contribuer.

Tout commença dans la douceur d'un sourire béat. Quelques étudiants qui avaient passé leur enfance à la « mané » revenaient le week-end, armés de guitares, et répandaient dans la communauté un vent de fraternité universelle, d'amour, d'innocence et de respect de la nature. Cette doctrine agrémentée d'accords folks américains impliquait aussi la remise en question du dogme, du rituel et du décorum de l'Église traditionnelle. Certains dimanches, avec l'accord de l'aumônier — qui redoutait de voir ses ouailles s'égarer dans le communisme — les représentants de cette avant-garde organisaient des messes modernes qui empruntaient leur répertoire à des prêcheurs d'un genre nouveau. Les adaptations de negro spirituals par John Littleton, un chantre américain installé en France, ou le groupe jazz du père Guy de Fatto représentaient le nec plus ultra de cette Église rajeunie — agrémenté par quelques cantiques profanes de Georges Moustaki et de Graeme Allwright.

Le processus était lancé. Quelques dignes vieillards entrés à la manécanterie cinquante ans plus tôt exprimèrent leurs réticences, affirmant leur conception conservatrice de la liturgie catholique. Ils donnaient des verges pour se faire battre aux chrétiens avancés qui leur reprochaient d'incarner une époque révolue, de ne rien comprendre aux transformations sociales en cours, aux jeunes, aux femmes, au tiers-monde... Quelques-uns tenaient bon, brandissaient leurs manuels de grégorien et organisaient leur propre dissidence. Ils comprenaient que leurs premiers renoncements marqueraient le début d'une défaite totale, que rien ne s'opposerait plus à cette force nouvelle dont le principe était d'exiger toujours davantage.

Un peu partout, dans le sillage du mouvement hippie et de la contestation étudiante, le même horizon se levait pour en finir avec l'ancien, l'archaïque, le périmé. Des prêtres avancés ralliaient cette lame de fond et signaient des essais sur le Jésus des pauvres, le Jésus des ouvriers, le Jésus de l'enfance éternelle. L'esthétique *Peace and love* empiétait sur les messes solennelles, de plus en plus entrecoupées de refrains de guitare et d'accolades qu'il fallait donner à son voisin, au moment du « baiser de paix », tandis que la « prière universelle » se transformait en discours de solidarité avec tous les opprimés de la terre. Il nous semblait acquis, surtout, que la jeunesse possède une vérité immanente, qu'elle est porteuse de pureté, de liberté et de progrès (nul n'aurait osé rétorquer qu'elle est également sensible à l'air du temps, perméable à toutes les formes de propagande). Les conflits qui s'exprimaient à la manécanterie, entre « anciens » et « modernes », s'achevaient donc généralement par un armistice dans lequel les anciens cédaient toujours une portion de terrain.

Pressés d'échapper au conformisme bourgeois, mes parents avaient immédiatement adhéré à la tendance progressiste, ce qui avait porté au zénith leur popularité chez les réformateurs de la manécanterie. Ils accueillaient parfois la nouvelle génération pour des soirées avec guitare, saucisson, vin rouge et chocolat chaud. Le programme improvisé de ces fêtes, où l'on s'asseyait par terre, autour de la cheminée, incluait des bavardages politiques sur la famine au Biafra et des refrains de Maxime Le Forestier décrivant la méchanceté des soldats (*Parachutiste*) et la beauté de San Francisco :

C'est une maison bleue accrochée à la colline
On y vient à pied, on ne frappe pas
Ceux qui vivent là ont jeté la clef...

La voix du chanteur décrivait avec une candeur atroce cette société idéale et sans conflits qui nous servait de modèle. Au Havre même, comme dans cette bluette sur les hippies, quelques jeunes chevelus laissaient désormais leurs appartements toujours ouverts. La dernière sœur de mon père — péniblement revenue du voyage psychédélique — avait accroché sur sa porte un message de bienvenue, invitant chacun à s'installer un moment, puis à laisser un mot avant de partir. En sortant du lycée, je lui rendais parfois visite et, lorsqu'elle n'était pas là, je me perdais un instant dans ce studio parfumé d'encens, où s'empilaient les disques des Doors et de Tony Joe White.

Enivrés par le vent de libération, mes parents (qui avaient à peine quarante ans) communiaient avec les jeunes de la manécanterie dans ce bonheur simple et moderne. De mon côté, je militais dès treize ou quatorze ans, couvert de taches de rousseur, sur tous les fronts avancés : révolution dans l'Église, retour à la nature, droit des femmes. Le succès de ma famille, considérée comme la plus moderne de Saint-Thomas, me rendait assez fier… quand bien même la réalité n'était pas si simple. Car, contrairement à ces étudiants qui venaient chez nous jouer de la guitare et boire du chocolat chaud, je me confrontais quotidiennement à la réalité ambiguë de parents tiraillés entre leur éducation, leurs principes et leur besoin d'affranchissement. Tolérants pour les autres, ils voyaient d'un mauvais œil que je commence à négliger mon habillement et ma coiffure, ou que je m'exalte dans des discours subversifs. Leur désir de modernité et d'émancipation se mêlait au sens de la normalité, de la respectabilité, du travail. Derrière leur fermeté, je devinais une angoisse plus sourde de la destinée, contre laquelle ils tentaient d'élever d'ultimes barrages.

En 1973, la réforme de Saint-Thomas-d'Aquin prit un nouvel élan lors des représentations à Paris de la comédie musicale *Godspell*. L'avant-garde de la manécanterie acheta ses billets pour la gare Saint-Lazare et se rendit sur les Grands Boulevards jusqu'au théâtre de la Porte-Saint-Martin. Pendant deux heures, nos cœurs vibrèrent à l'unisson de ces chansons syncopées (à treize ans, c'était mon premier concert de rock) où s'entremêlaient Dieu, la révolution, la nature... Acquis à ces belles idées, nous n'étions pas près de soupçonner qu'il s'agissait d'une juteuse production de l'industrie américaine du spectacle, prolongeant la vague des spectacles christiques, *Hair* et *Jésus-Christ Superstar.* Nous voulions seulement répéter sans fin le message de liberté, de fleurs, de ciel bleu, d'amour, et de barbes en broussaille repris dans le monde entier par les hippies, les groupes pop et la jeunesse triomphante... *Godspell* résumait ce message sous forme chrétienne, comme un nouvel évangile que nous étions aptes à comprendre et à aimer.

*

La suite allait découler de ce qui précède. Avec mes camarades, nous allions suivre, toujours plus loin, la ligne tracée de l'affranchissement et de l'édification d'une société nouvelle. La manécanterie n'avait été qu'un prétexte, l'Évangile une porte d'entrée vers une modernité plus radicale avec ses groupes de rock et ses doctrines révolutionnaires — si bien que mes parents adhéraient de moins en moins à ce glissement et s'opposaient de plus en plus à la pousse continuelle de mes cheveux. Ma mère espérait encore que je deviendrais médecin. Sa hantise était que je me

« laisse vivre ». Toujours très *cool* avec les jeunes, mon père ne supportait guère de me voir lire *Best*, ni d'entendre passer en boucle dans ma chambre un disque de Led Zeppelin (volume 2) dont les sonorités métalliques contrastaient avec l'idéal angélique où nous avions d'abord trouvé l'aboutissement de toute chose. Un jour il m'interdit sèchement d'aller au concert du groupe Ange où m'avait convié François, mon copain de la manécanterie. Puis, dans une volte-face, il m'y conduisit lui-même, furieux, m'accorda quinze minutes et m'attendit devant la salle où je m'enfonçai timidement parmi les damnés de la terre, sous les sonorités électriques du mélotron, avant de regagner la maison pour faire mes devoirs.

À quinze ans, mes cheveux étaient de plus en plus longs. Le samedi après-midi, j'arpentais la ville avec des sacs de toile en bandoulière, pleins de livres de poésie et de tabac à rouler ; après le lycée, je me rendais chez des amis plus âgés qui laissaient leur porte « ouverte » et achetaient *Fluide glacial* ou *Métal hurlant*. Des cantiques de John Littelton, j'étais passé aux mélopées hallucinogènes de Pink Floyd. Je ne consommais pas de drogue, mais j'en rêvais parfois, du fond de ma province, en lisant *Le Hachich* de Théophile Gautier. Dans des accès de romantisme morbide, je ne trouvais rien de plus élégant que d'avoir l'air paumé, brisé, *junkie*. Pourtant, je manquais de sincérité dans le désespoir, où je trouvais plutôt une délectation esthétique.

Aucune des tendances provisoires qui s'offraient à l'adolescent occidental ne me correspondait pleinement : *babas cool* adeptes du tissage dans les Cévennes, *junkies* accrochés à leur seringue, *trotskistes* qui vendaient leurs journaux devant Monoprix. J'avais bien milité quelques mois à la Jeunesse étudiante chrétienne pour tenter d'imposer une ligne extrémiste ; mais les pulls à grosses mailles des filles, l'onctuosité sectaire des évangélistes à barbiche m'avaient rapidement fait fuir. Plus tard, un camarade d'école maoïste avait tenté de me convertir en m'offrant des images d'opéras chinois ; mais je n'arrivais pas à prendre au sérieux ces poses allégoriques d'ouvriers et de paysans, qui me rappelaient le monument aux morts de 14-18. Je me tournai un instant vers la fédération anarchiste, dont l'idéal, vu de loin, me semblait plus fantaisiste… mais j'y retrouvai, vu de près, le même discours dogmatique fondé sur la haine de classe.

Toutes ces voies se voulaient alors prometteuses. En liquidant le monde ancien, nous marchions sûrs de nous, vers une société meilleure, avant que la modernité ne révèle sa noire litanie de chômage, pauvreté, sida, désastres écologiques, décomposition sociale, liquidation du bien public. Nous rêvions d'un échange foisonnant, d'une humanité sans frontières, avant que le rêve ne s'accomplisse, d'une autre façon, dans le triomphe du marché universel et du tourisme de masse. Nous pensions bâtir un futur enchanté, quand nous nous contentions de nettoyer le vieux terrain national et religieux, comme pour faciliter l'avènement de la nouvelle industrie culturelle mondiale et de ses produits formatés. L'achèvement de l'histoire européenne se voulait audacieux, tel un surcroît de curiosité, de vitalité, d'expérimentations ; mais nos expériences ne valaient que par leur énergie naïve, opposée au vieil ordre que nous étions persuadés de combattre.

Plate-forme d'où nous regardions, au fond de la Normandie vers des horizons nouveaux, la manécanterie finit par disparaître totalement. Après avoir pourchassé les vieux chantres et le grégorien comme un ordre fascisant, la génération soixante-huitarde parvint à s'emparer du pouvoir ; les guitares remplacèrent l'orgue, les aubes furent laissées au placard et Saint-Thomas devint une chorale mixte, puisque nul ne voyait plus au nom de quoi les filles ne chanteraient pas avec les garçons. Sous l'angle strict de l'égalité, il n'y avait rien à rétorquer ; mais la manécanterie détournée de sa forme originale perdit rapidement toute raison d'être. Les recrues se firent plus rares au cours des années suivantes, et chacun laissa tomber cette chorale modernisée.

Mes amis de Caucriauville quittèrent leur immeuble HLM pour une maisonnette dans un lotissement proche de la cité. À quinze ans les aînés avaient constitué leur premier groupe de rock : batterie, guitare et piano, combinaison miraculeuse par laquelle tous les adolescents rêvaient de réinventer l'histoire de la pop music. Dominique — le plus doué — chantait en s'accompagnant lui-même. Sa personnalité rayonnait naturellement. Inscrit au lycée, en section dessin, il débarquait souvent chez nous à l'improviste, à l'heure du déjeuner. Ma mère l'adorait et j'en éprouvais une fierté légèrement désabusée (n'étais-je, quant à moi, qu'un gosse de riches trop *chanceux* ?). Après le repas, nous montions dans ma chambre écouter en boucle mes premiers 33 tours : Johnny Winter, Alice Cooper, MC5. Un cousin plus âgé m'avait servi d'initiateur et je consacrais mes maigres économies à l'achat de ces albums. Dans le grenier de ma grand-mère, j'avais trouvé un vieil électrophone. Fréquentant également la discothèque municipale, je découvrais que, non seulement j'aimais la musique, mais que je voulais la faire entendre aux autres, trouver les meilleurs morceaux, capter l'attention de mes camarades et partager avec eux ce miel.

Un jour, Dominique disparut. Pendant plusieurs semaines, nul ne sut où il était passé. Ni sa famille ni la police ne trouvèrent le moindre indice. Sans rien dire à personne, il avait pris le bateau pour l'Angleterre. Après avoir travaillé à Londres, puis vécu dans une communauté, il réapparut au Havre, auréolé d'innocence. D'une expérience à l'autre, il se fit embaucher à l'usine Renault puis devint pianiste de Little Bob Story, le célèbre groupe rock de la région. Un soir, je le revis par hasard lors d'un vernissage à la Maison de la culture. Dominique avait le crâne rasé, un anneau à l'oreille. Heureux de le revoir, je me précipitai vers lui, sans pouvoir retenir un « Comment ça va ? ». Il me regarda puis se retourna, sans répondre, vers ses amis. Pensait-il à autre chose ? J'eus l'impression qu'il trouvait ma question stupide et je rentrai chez moi honteux, persuadé qu'il me méprisait ; j'avais hérité du complexe de ma mère.

Nous nous sommes pourtant retrouvés par la suite. Dominique avait fondé son propre groupe, puis enregistré plusieurs disques d'une belle couleur musicale et d'un lyrisme ardent, comme un écho de la voix du petit chanteur de Saint-Thomas-d'Aquin. Il se rappelait en souriant les déjeuners à l'improviste chez mes parents, les chansons d'Alice Cooper qu'il avait découvertes dans ma chambre sous le toit. Longtemps après, comme je passais un mois d'août à Étretat, il vint me rejoindre un soir, à La Ramée, et sembla ravi de découvrir cette belle villa de famille. Après dîner, tout en écoutant Nina Simone, nous évoquions ces souvenirs d'adolescence, quand on évangélisait la terre en chantant des cantiques, puis qu'au nom de l'Évangile on délaissait les cantiques pour la révolution. Notre vie, tout juste sortie du « monde d'avant », permettait encore de rêver du « monde d'après ». L'histoire s'était chargée de briser ces illusions. Nos croyances n'avaient débouché sur rien de meilleur et Dominique soupirait, l'air pensif : « On y croyait ! »

III

Le dancing du casino

1

RÉFLEXIONS SUR LE GALET

Après des années de pratique et d'observation, je me demande toujours pourquoi le galet provoque cet irrésistible besoin d'être saisi, soupesé, puis jeté au loin devant soi.

Ce matin, sur le rivage encore tranquille, débarquent les premières familles en visite à Étretat. Devant cette vaste étendue caillouteuse encadrée de falaises, les parents et leur marmaille ont d'abord un mouvement d'appréhension. Du moins ceux qui pensaient « aller à la plage » ; car cette plage-là ne semble pas faite pour s'étendre, ni pour prendre paresseusement le soleil (bien souvent, d'ailleurs, il n'y a pas de soleil). Étretat tient plutôt de l'expérience austère, comme la planche à clous du fakir. Après s'être extasiée devant la baie grandiose, la famille en goguette finit toutefois par descendre l'escalier qui relie la digue au rivage.

Or, dès qu'ils posent le pied sur ce tapis de pierres rondes, le premier réflexe des enfants — et spécialement des garçons — consiste à se pencher vers le sol, à saisir un galet puis à le balancer au loin. À ce jeu, les plus doués font valoir leur puissance et leur habileté. Mais cet instinct n'affecte pas seulement les sportifs, ni les amateurs de ricochets qui accomplissent de savantes figures et font rebondir le caillou entre les vaguelettes. Loin de toute démonstration, la plupart des jeunes humains ramassent spontanément des galets pour les jeter ailleurs. Passé un certain âge, des voix raisonnables rappellent que ce jeu est idiot, qu'il risque de blesser quelqu'un, que les manies enfantines doivent cesser chez les adultes. Ce qui n'empêche pas les adultes eux-mêmes d'enfoncer la main dans cette masse dure et mouvante. Tout en poursuivant leur conversation, ils saisissent négligemment ces œufs de silex, puis les envoient, d'un geste absent, quelques centimètres plus loin, comme pour obéir à une règle immémoriale.

Tout à l'heure, en regardant par la fenêtre un garçonnet qui prenait joyeusement les galets à pleines mains, dans un rapport franc avec l'objet de son désir, puis en voyant ce gamin arquer son corps et dresser le bras pour lancer son caillou le plus loin possible, je songeais encore à ces comportements « phalliques », bien connus des psychologues pour caractériser le tempérament masculin et son déploiement d'énergie. Mais il me semblait que ce signe extérieur de virilité ne s'adressait pas seulement à ses congénères : dans ce geste enfantin, j'entrevoyais une signification plus profonde, liée à la place de l'homme dans le monde, à son petit regard fier écrasé par l'immensité, comme si ce jet de pierre constituait un défi, une façon de se confronter à l'océan en lui disant :

— Tu as lentement poussé ce galet jusqu'ici. Eh bien moi, d'un seul mouvement de bras, je vais le renvoyer dans ton eau glacée. Je peux défaire en un instant ce que tu construis patiemment, par le rythme obstiné de la marée. Depuis la nuit des temps, tu montes et redescends bêtement ces cailloux ; tandis que ma liberté d'être humain peut accomplir ou annuler cet acte volontairement.

Ainsi, l'enfant se découvre-t-il plus fort que la mer, ce qui n'empêche pas celle-ci de remonter le galet sans rien dire, à son vieux tempo, avec cette obstination qu'elle met, depuis des millions d'années, à polir quantité de silex en les roulant les uns contre les autres.

*

Un jour, sur la côte du pays de Caux, ce dialogue symbolique entre l'enfant et l'univers a pris la forme d'un affrontement plus brutal entre l'adulte infantile et la mer exaspérée.

Depuis des siècles, les habitants du littoral se demandaient comment tirer quelque avantage de ce caillou, apparemment la plus inutile des créatures avec sa forme arrondie, sa texture lisse et froide. L'ingénieux esprit humain avait bien fini par lui trouver quelques usages, en insérant le silex dans l'architecture des maisons, ou en le vendant aux fabricants de porcelaine qui savent comment broyer la pierre et l'utiliser dans leur alchimie. Une belle peinture du jeune Monet représente le cap de La Hève, près du Havre, où des hommes ramassent les galets, transportés à dos de cheval dans des paniers d'osier. La Manche s'accommodait de ces prélèvements minutieux, comme si ses profondeurs recelaient des stocks suffisants pour assurer la pérennité du désert caillouteux.

C'était compter sans l'intervention d'un nouvel acteur : la Direction départementale de l'Équipement, puissante administration dont la gloire principale consiste à étendre indéfiniment le réseau routier. En plein boom économique des « trente glorieuses », les ingénieurs régnaient sur une France en pleine modernisation, engagée dans un ambitieux « aménagement du territoire ». Frais émoulus des grandes écoles, quelques gestionnaires inspirés s'avisèrent donc, un beau matin, que cette région côtière pourrait tirer du galet un bien meilleur profit, à condition de le transformer en gravier. Cette pulsion devait atteindre son point critique dans les années soixante, sur tout un segment de la côte, à quelques kilomètres au nord d'Étretat.

En confiant à des entreprises de travaux publics l'exploitation des milliers de mètres cubes de galets accumulés sur les plages, la puissance publique se désignait, certes, un peu hâtivement comme propriétaire des silex travaillés par les profondeurs. Elle prenait surtout le risque d'autoriser des prélèvements cent fois supérieurs à ce qui se faisait traditionnellement ; comme si l'ingéniosité humaine, appuyée sur des moyens techniques d'une puissance nouvelle, renouait avec la prétention du petit enfant pour dire à la mer :

— Tu roules des mécaniques à remonter inlassablement ces galets. Soit ! Je vais en retirer encore et encore. Et l'on verra qui rira le dernier !

Pendant deux ans, une armée de bulldozers — substitués aux chevaux de trait — s'abattit donc sur plusieurs plages, puisa dans le sol et chargea dans des camions la quasi-totalité de cette masse caillouteuse, bientôt concassée et déversée sur les futures autoroutes. À certains résidents des villages côtiers qui émettaient des doutes sur le bien-fondé de l'opération, il fut répliqué avec autorité que la mer *en ramènerait autant* et que, de toute façon, un galet ne pouvait rien espérer de mieux que se transformer en gravier. Forts d'une telle certitude, les hommes dépouillèrent entièrement la grève. Mais, au bout d'une, puis deux années, ils découvrirent avec stupeur que, non seulement la mer ne ramenait plus de galets, mais que ce rempart minéral — avant de devenir une matière première destinée à la circulation des véhicules — assurait la protection naturelle du rivage. La qualité principale du galet revint aux esprits : depuis la nuit des temps, il contenait le roulis qui, sans cela, s'avancerait toujours plus à l'intérieur des terres, surtout au moment des tempêtes d'hiver où rien ne peut lui résister.

Comme pour le démontrer, la mer effectua d'abominables ravages. Elle attaqua férocement ces petites plages privées de galets, détruisant telle digue où s'était longtemps dressé un casino, puis entamant la base des falaises qui commencèrent à reculer, au point que plusieurs maisons durent être abandonnées. Avec tout le sérieux qui les caractérisait depuis le début, les responsables municipaux et départementaux décidèrent alors de mettre un coup d'arrêt au ramassage intensif qu'ils avaient encouragé ; puis ils adoptèrent un train de mesures contraires et convoyèrent vers la côte d'énormes blocs rocheux, prélevés dans des carrières et déversés sur le rivage pour tenter de contenir la fureur océanique.

Entre Fécamp et Veulettes, certaines de ces stations ont perdu beaucoup de leur charme. Les pierres importées pour protéger les plages leur donnent un air de bric et de broc. La mer poursuit son avancée, un peu moins furieusement sans doute. Un certain sens du pardon la conduit chaque année à remonter vers la berge une petite quantité de galets — quoique dans des proportions très inférieures à celles du passé. Adultes et enfants peuvent à nouveau plonger leur main dans cette masse informe, pour saisir les œufs de silex et les lancer devant eux. Ils ont retrouvé la mesure dérisoire de leur défi à cette mer qui continue à polir le minéral pour la joie des seuls esthètes.

L'administration n'a que partiellement tiré les leçons de cette mésaventure. En un sens, elle s'est désintéressée du galet, sauf pour le « protéger » en interdisant tout ramassage sauvage (quitte à frustrer ceux qui aiment choisir les plus jolis pour servir de presse-papiers). Mais elle a également laissé mourir, sans remords, les vieilles techniques de construction qui faisaient du silex un élément de l'architecture locale. On a vu s'effondrer les vieux murs de pierre qui agrémentaient cette campagne, désormais remplacés par des grillages ou des parpaings. Oubliant définitivement l'existence du galet, les paysans modernes des villages côtiers s'emploient désormais à élargir et à goudronner le moindre chemin de terre, en l'ornant de réverbères. Et lorsqu'on leur demande pourquoi ils veulent araser ces talus au milieu des champs, ils répondent qu'il faut bien « que les camping-cars puissent se croiser » ; et lorsqu'on leur demande pourquoi il est important que les camping-cars se croisent, ils répondent qu'il en va de l'accroissement du tourisme ; et quand on leur demande en quoi l'accroissement du tourisme est utile pour cette commune, ils répondent qu'il en va du commerce local ; et quand on leur rétorque que le commerce local n'existe plus et que les touristes vont tous à l'hypermarché de la ville voisine, ils répondent que c'est une question d'*activité*. Mais ils ne semblent guère concevoir d'autre activité que l'adaptation de leur commune à d'étranges impératifs, bien moins sensés que de lancer un galet dans l'eau.

*

Devant ce geste quotidiennement accompli par des centaines de mains, je continue pour ma part à m'interroger. Faut-il y voir un embryon des découvertes humaines ? Une origine normande des mathématiques ? (« Combien de galets ai-je ôtés de cet endroit-là pour les envoyer à cet autre endroit ? ») Une approche des lois de la physique ? (« Pourquoi ce galet retombe-t-il au lieu de s'élever ? ») Ou de la métaphysique ? (« Qui suis-je et qui est ce galet ? Quel est le sens de notre présence commune dans l'univers ?»).

Par ces suggestions, le galet offre à l'homme moderne un retour vers les principales questions de l'existence ; ou vers l'absence de questions au profit d'une simple série de constatations : « Je suis là, j'existe ; au-dessus de moi le ciel est gris, et je reste assis sur des cailloux gris que je peux aisément déplacer d'un point à l'autre, sans rien changer à la marche de l'univers. Devant moi la mer grise est liquide, contrairement à ces cailloux qui sont solides ; si bien qu'ils font "plouf" en disparaissant. Variable selon l'intensité du plongeon, la taille du caillou et la vitesse de pénétration, ce bruit s'avère parfois joli comme celui d'une clochette ou drôle comme un gargouillis d'évier. J'ignore pourquoi je suis là ; mais j'y suis et ce n'est pas désagréable. Le temps passe. Maintenant, j'ai faim… »

Il existe cependant une autre et très admirable fonction du galet. Je veux parler, précisément, de ce pouvoir qu'il a de ralentir l'expansion du tourisme dans une région déjà favorablement défavorisée par son climat frais. Malgré l'ardeur des commerçants et des politiques qui continuent à envisager comme un espoir le débarquement des foules à moteur ; malgré l'énergie des hommes d'affaires qui rêvent d'une progression à deux chiffres de l'industrie départementale des loisirs ; malgré cette manne promise à la population de Seine-Maritime (comme hier la fabrication de gravier), le galet veille paternellement sur nos rivages. La plupart des efforts promotionnels en matière d'accueil se trouvent anéantis par le peu de goût que manifeste le vacancier pour cet objet dur à la plante des pieds comme au postérieur, auquel il préfère le sable poudreux, doré, brûlant.

L'habitué du galet sourit intérieurement de ce malentendu. Car il sait bien que son caillou gris, par sa masse et sa lourdeur, offre maints avantages ; que jamais il ne rentre de la plage les chaussettes pleines de galets ; que jamais il ne doit passer l'aspirateur dans sa voiture pour en ôter les galets incrustés partout... Le vacancier moyen continue cependant à préférer ce granulé fin et doré qui lui permet de s'étendre ou de marcher les pieds dans l'eau. Et nous lui donnons raison sur ce dernier point ; car il est impossible de déambuler des heures pieds nus dans cette caillasse. Mais, pour ce qui est de s'allonger, l'ami du galet sait trouver des positions confortables sur ce sol dur réchauffé par le soleil.

J'achèverai ces brèves réflexions sur l'utilité du galet en précisant que le *galet d'Étretat*, parmi tous ceux du pays de Caux, présente la forme supérieure par sa perfection plastique. Du Havre au Tréport, il existe mille variétés de galets biscornus, tranchants, percés, bombés, crevassés, dont les angles saillants donnent parfois raison aux partisans du sable crissant. Mais le débat perd tout son sens devant le *galet d'Étretat,* roi incontesté du galet normand qui semble avoir choisi de s'implanter dans le plus beau décor de la côte. Ce galet-là nous affirme que, s'il existe un lieu parfait par son architecture naturelle, ce lieu se devait aussi d'accueillir le plus beau galet de la terre : le plus rond, le mieux poli, le plus égal par les dimensions, le plus uniforme par la texture, le plus subtil par ses nuances de couleur.

Devant ce modèle incomparable, harmonieusement réparti selon les degrés de la plage (les gros cailloux en bas, les plus fins au sommet), on en vient à se demander si de mystérieuses brigades ne se chargent pas, depuis la nuit des temps, de ranger les galets en éliminant les suspects, les irréguliers, les vulgaires, pour ne laisser ici que la quintessence. Si la voûte plantaire doit en souffrir un peu, les yeux y trouvent un spectacle enchanteur et le corps une assise où chaque enfant, d'un geste joyeux, peut recommencer son défi à la mer. Les galets s'offrent à lui comme les pièces d'un jeu indéfiniment rebattu. La main n'a qu'à se servir, le torse à s'arquer, le bras à se tendre pour envoyer de nouveau, le plus loin possible, l'une des pièces qui attendra la marée pour remonter la pente et reprendre sa place au milieu des autres.

2

À BICYCLETTE

Le monde changeait. Le Havre changeait moins vite. Dans cette étroite société urbaine, le style débraillé conservait un caractère sulfureux ; la mode s'emparait timidement de ce qu'on n'appelait pas encore « culture adolescente ». Insensible aux dénigrements, la petite bourgeoisie tenait bon avec sa foi, ses principes et son indignation devant les contestataires. Alliés théoriques de la modernité, mes parents restaient prudents. Après une année très dissipée, ils m'avaient inscrit dans un lycée catholique malgré mes vives protestations. J'avais l'impression d'être entré au goulag, quand bien même la discipline de ce collège, conforme à l'air du temps, s'assouplissait rapidement.

Ma propre rébellion, comme celle de toute ma famille, restait assez confuse. Député gaulliste des beaux quartiers, mon grand-père Charles entretenait des relations courtoises avec les communistes implantés à la mairie. Les soirs d'élection, j'aimais passer dans l'immense hall de l'hôtel de ville où se rassemblaient les ouvriers du port. Je me sentais presque fier d'habiter la « plus grande ville communiste de France ». À d'autres moments, je sacrifiais à une forte aspiration vers la nature — théorisée par Jean Giono dans *Que ma joie demeure* ; mais je découvrais avec autant d'intérêt les premiers disques punks arrivés d'Angleterre. Toutes ces données composaient ma position intellectuelle embrouillée. D'un côté, je restais un bon chrétien de gauche, guidé par le sens du partage ; de l'autre, je lorgnais vers tous les plaisirs inconnus ; d'un côté je descendais d'un président de la République mais, objectivement, j'étais un moyen-bourgeois provincial ; d'un côté j'avais reçu une éducation, intransigeante sur la politesse et les bonnes manières ; de l'autre j'étais un adolescent bohème et sans tabous.

Les aspirations artistiques m'occupèrent donc toujours davantage. Dans le train-train de cette vaste sous-préfecture, on pouvait encore faire semblant d'*inventer* ce que Paris découvrait un siècle avant. En première, puis en terminale, j'avais formé avec mes amis un groupe moderniste à tendance délurée. Notre amour des élucubrations d'Alphonse Allais, des facéties d'Érik Satie et du dadaïsme de comptoir nous éloignait des intellectuels de gauche qui régnaient à la Maison de la culture, comme des femmes-poètes qui se réunissaient le samedi après-midi, pour lire à voix haute des textes de René Char. Nous préférions monter des pièces d'Ionesco avant de nous livrer, en ville, à quelques provocations inspirées par Francis Blanche : réclamer chez les commerçants des produits qui n'existaient pas, nous montrer pointilleux jusqu'à l'absurde dans des dialogues avec l'administration. Jean-Paul, mon meilleur ami, excellait dans l'imitation de la poule. Son regard perçant, son visage anguleux et ses gloussements de volaille faisaient merveille, chaque fois qu'il se trouvait dans une situation incongrue — comme Louis de Funès en commissaire de police dans *Ah ! les belles bacchantes*.

C'est à cet âge — seize ou dix-sept ans — que j'ai redécouvert le goût d'Étretat. La promenade ennuyeuse de mon enfance m'a de nouveau attiré, comme une aventure entre amis. Le « premier choc pétrolier » venait de s'abattre sur Le Havre. Tout autour du port, dans les entrepôts, les ateliers et les usines, le chômage croissait plus vite qu'ailleurs. Dernier paquebot transatlantique, le *France* rouillerait bientôt le long d'un canal, près de l'immense zone industrielle où flambaient les torchères. Le port de voyageurs rendait l'âme, remplacé par un morne horizon de terre-pleins et de conteneurs. Savoir qu'il existait, à quelques kilomètres, un décor de jardins et de villas, un théâtre de falaises et une plage ravissante ; savoir qu'on pouvait facilement respirer le parfum d'une villégiature prisée par Offenbach et nos auteurs favoris : voilà qui conférait à ce lieu une place de choix dans le pays qu'on s'inventait pour agrémenter notre adolescence.

Nous sommes partis d'abord en mobylette ou à vélo, ce qui représentait un effort sur cette départementale dont les creux et les côtes m'apparurent pour la première fois. Prenant la route avec Jean-Paul, certains samedis de printemps, j'y retrouvais le souvenir des allers-retours accomplis, enfant, quand nous allions voir les cousines à La Ramée. Après avoir traversé Sainte-Adresse, nous filions devant les cafés *Cigogne* dont les entrepôts s'étalaient à la sortie de la ville. La route longeait ensuite l'aéroport, avant de traverser Octeville qui contrastait avec l'agglomération havraise par son allure de petit bourg normand. Au fil des kilomètres, je reconnaissais d'autres témoins dont les silhouettes s'étaient gravées dans mon esprit. Toujours posé au bord de la route, le « Café blanc » semblait à l'abandon, portes et fenêtres murés, mais son nom vibrait d'une palpitation mystérieuse qui me ramenait au flou de mes premières années. Peu avant d'arriver, nous traversions le village du Tilleul où ma mère avait passé la guerre. Elle m'avait raconté ces hivers des années quarante, le plateau normand pareil aux paysages de Maupassant, les champs nus sous la neige et ces talus plantés le long desquels elle marchait, fillette, pendant que son père, au Havre, soignait les rescapés des bombardements.

À la sortie du Tilleul, une tour féodale annonçait la descente vers Étretat. Ce pastiche médiéval de la fin du XIXe siècle servait de pavillon de gardien au domaine d'un riche négociant. Plus loin, au fond de l'allée, se dressait son énorme château de brique rouge, comme une imitation de Chambord, et je restais perplexe devant cette folie architecturale des années 1900 qui m'inspirait à la fois scepticisme (pour son mauvais goût clinquant) et admiration (pour son extravagance). Depuis la mort du propriétaire, le château s'était transformé en centre aéré pour les jeunes des banlieues du Havre. Mais je n'avais pas le temps de réfléchir davantage car, à partir de là, nos vélos accéléraient dans le grand tournant qui se resserrait au milieu des arbres puis s'engouffrait vers le centre, le long des *Pelouses*, l'immense propriété de Raymond Lindon.

Après avoir descendu l'avenue George-V, tourné à gauche boulevard René-Coty, puis rangé nos deux-roues place Victor-Hugo, on gravissait enfin l'escalier du Perrey qui ménageait son effet comme un escalier d'opéra. Aux dernières marches se dévoilait le spectacle maritime, dans son architecture de théâtre à l'italienne. Chaque côté du paysage se refermait par un immense mur rocheux : à gauche, la falaise d'aval et son arche grandiose ; à droite, la falaise d'amont, plus fine et plus discrète. Plus haut, sur les pelouses du golf, se tenaient les loges supérieures ; et au milieu la mer étale se livrait comme une scène à toutes les variations de lumière.

Ce décor naturel, prisé par les couples d'amoureux en week-end, ces villas à tourelles et ces allées fleuries nous transportaient dans un autre monde. La plage même avait quelque chose de fin et de délicat, en comparaison de celle du Havre — cette immense ville de planches où les familles se retrouvaient dans des « cabanes » et où les galets sentaient la frite.

Un jour — spontanément —, je conduisis plusieurs de mes camarades jusqu'à La Ramée. Les portes et les volets étaient clos. À une fenêtre du premier, s'accrochait toujours la hampe du drapeau tricolore. Je voulus leur montrer le jardin et la façade aux jolis ornements boisés ; mais en franchissant la barrière, je me demandai si je n'agissais pas comme un voleur. D'un côté, cela m'amusait de montrer cette propriété où vivait mon arrière-grand-père trente ans plus tôt. Mais, tout en fanfaronnant, je n'étais guère certain d'avoir le droit d'entrer chez mes cousins. Nous avions timidement avancé jusqu'au perron, au pied duquel se dressait un buste de femme offert par Tito, lors de son voyage officiel en France. Au moment de contourner la maison par l'arrière-cuisine — cette cour sombre réservée au service —, je remarquai des volets et une fenêtre entrouverts, suite à une négligence ou une effraction. Machinalement, je repoussai les volets.

Le soir même, de retour au Havre, je téléphonai à Paris pour informer tante Élisabeth de cette anomalie. Je me sentais encore vaguement coupable d'avoir franchi la barrière, d'être entré dans le jardin et de m'être ainsi approché de la villa. À mon soulagement, ma grand-tante me remercia de l'avoir prévenue. D'après sa réaction, j'avais agi naturellement en entrant avec mes amis, puis en refermant ce volet, tel le responsable d'un bien commun. Ce jour-là, pour la première fois, la maison ennuyeuse où l'on nous traînait le dimanche après-midi m'apparut comme un lieu familier, plein d'une histoire qui me concernait encore.

3

LE DANCING DU CASINO

Une chanson d'Alain Souchon passait sur toutes les radios : *Y a de la rumba dans l'air...* Dans ce refrain mélancolique, il était question d'un vieux casino devenu « un tas de fer », d'un « smoking de travers », et de toutes les rimes en « r » qu'on peut enfiler pour décrire un nostalgique des années folles, amoureux des voitures anciennes et des villas balnéaires, rêvant sur les ruines d'un âge d'or qu'il n'a pas connu... J'avais dix-sept ans et ce refrain me titillait doucement comme s'il me parlait d'Étretat. Je n'allais pas jusqu'à acheter les disques d'Alain Souchon, incompatibles avec mon amour naissant pour Stockhausen. Insidieusement, pourtant, ces paroles qui résonnaient sur les ondes aiguisaient ma prédisposition à la nostalgie.

Au même moment, je découvrais l'attrait de Paris. L'inconnu de la grande ville, l'animation des boulevards et la vie d'artiste peuplaient ma rêverie havraise. Chaque fois que je rencontrais un vrai Parisien, il me semblait que là-bas tout était différent : la façon de penser, de parler, de s'habiller. Et j'en trouvais une preuve supplémentaire dans l'allure des cousines de La Ramée qui nous rendaient parfois visite au Havre. D'un côté les Havraises (ma mère et ses sœurs) portaient sagement le tailleur ; elles jouaient au bridge avec les mêmes groupes de médecins et d'avocats qui se retrouvaient le samedi dans des mariages. Les Parisiennes semblaient plus délurées dans leurs pantalons et leurs robes aux couleurs vives ; elles parlaient de tout, allaient voir des expositions et se donnaient rendez-vous pour déjeuner au *self-service* qui condensait à mes yeux la magie du nouveau.

Laurence, l'une des plus proches de ma mère, était venue tout un week-end chez nous. Grande et jolie, pleine d'énergie, la chevelure noire d'une danseuse de flamenco, elle nous avait appris à faire de la gymnastique sur la pelouse du jardin, puis à concocter de grandes pizzas exotiques (la pizza elle-même avait un parfum de nouveauté). Toute cette fraîcheur ne pouvait venir que de Paris ! Mais il existait surtout, dans cette branche de la famille, un homme dont le style conjuguait l'exotisme de la capitale et la nostalgie d'Alain Souchon : c'était Arnold, le mari de Laurence, à mes yeux l'incarnation du bourgeois raffiné.

D'origine suisse allemande, le visage sombre et pensif, Arnold avait la décadence dans les gènes. Il était né bizarre, décalé, aimant en tout l'effondrement, la ruine et la splendeur perdue. Passionné de voitures anciennes, il possédait une Hotschkiss « grand sport » mais roulait plus souvent dans sa 404 Peugeot à la carrosserie rouge éclatante. Infatigable danseur de tango, il prenait aux bras de sa femme un front plissé, préoccupé, grave, tendu, mystérieux. Mais, par instants, il échappait à sa mélancolie naturelle, dès qu'un détail saugrenu attirait son attention. Il s'amusait alors comme un enfant des bizarreries de l'existence, des tics de langage, des apparences physiques grotesques et semblait regarder la vie comme un théâtre désuet. Dans sa personnalité s'affrontaient un côté strict — son éducation, sa formation d'ingénieur des Ponts et Chaussées, ses idées politiques conservatrices — et un côté fantasque attiré par tout ce qui lézardait ce cadre impeccable. Dragueur invétéré, alcoolique discret, aimant les conventions pour ce qu'elles avaient de gratuit, ce parfait dandy me faisait penser à Serge Gainsbourg dont les prestations télévisées, arrosées et enfumées, choquaient alors la France bien-pensante.

Régulièrement, mes parents rejoignaient Laurence et Arnold pour déjeuner ou dîner à La Ramée. Pendant des années, j'avais évité ces pérégrinations. Maintenant que j'éprouvais cette attirance nouvelle pour Étretat, je pris l'habitude de les accompagner en voiture. Pendant que les cousines bavardaient, j'allais me promener sur les falaises. Je longeais les corniches crayeuses, les escarpements herbeux où nichaient des goélands. La mer, d'un beau vert sombre, scintillait, cent mètres plus bas. En fin d'après-midi, je retrouvais la famille autour d'un feu de bois dans le salon. Lorsque nous restions dîner, Arnold, en fin de soirée, passait quelques disques sur un improbable pick-up au son grésillant : il s'était attaché à cet électrophone hors d'âge et n'aurait pu concevoir de le remplacer. Ses choix musicaux, d'un mauvais goût sophistiqué, se portaient sur des valses de Strauss, interprétées à l'orgue par Klaus Wunderlich, ou sur des slows sirupeux fredonnés par le saxophoniste italien Fausto Papetti.

Au fil du temps, il s'était particulièrement attaché à La Ramée. Sa belle-mère, tante Élisabeth, restait propriétaire, mais elle ne s'y rendait guère qu'aux vacances. Arnold et Laurence avaient donc pris l'habitude d'y passer presque chaque week-end. Ils s'occupaient activement du jardin, et l'on aurait dit que l'ingénieur ténébreux avait toujours vécu au milieu des reliques présidentielles du salon : la statue de Tito, la glacière de golf de la reine de Hollande, le lion en fonte offert par le grand-duc de Luxembourg, les maquettes de navires inaugurés par René Coty… Chacun de ces objets, renvoyant à un passé encore proche et déjà perdu, s'accordait au style d'Arnold qui aimait le parfum morbide de cette accumulation, la couche de poussière puis d'oubli qui allait tout recouvrir, comme dans le casino d'Alain Souchon.

Furetant d'une pièce à l'autre, il avait toujours une cigarette allumée et son whisky n'était jamais loin ; mais Arnold maîtrisait en virtuose les manières discrètes du buveur mondain, consistant à tenir un verre caché dans le creux de sa main, à le poser dans un coin où il le retrouverait plus tard, à cacher sa bouteille près d'un canapé pour échapper aux remarques — tout en maintenant la légère dose d'alcool propice à ses rêveries et à ses plaisirs. Outre ses pantalons écossais et ses blazers bleu marine, il sortait rarement sans une paire de lunettes noires qui accentuaient le secret du personnage. Son métier, non moins mystérieux, consistait à écrire des *rapports sur l'asphalte.* Secrétaire général de l'Office des Asphaltes (entité qui lui assurait une certaine indépendance dans son bureau parisien), il laissait toujours traîner, sur une table du salon, quelques feuilles de papier près d'une machine à écrire ; et j'étais fasciné par ce travail permanent, mais très souple, auquel il revenait à n'importe quelle heure entre deux gorgées de whisky.

En sa présence, cette famille oubliait un peu le côté « entreprise de moralité », hérité du grand-père Coty et cultivé par les cousines sous leurs airs détachés. Elles nous avaient appris à nous montrer modestes, travailleurs, bons chrétiens. À tous ces beaux principes, Arnold substituait une préoccupation pas du tout morale et plus esthétique qui donnait de la saveur au moindre détail de la vie. Maintenant que l'heure de gloire s'éloignait encore, il s'efforçait d'animer cette flamme de rareté. Dans les soirées de mariage, il dansait toute la nuit avec Laurence, en jolie robe fleurie des années cinquante qu'on aurait dite coupée pour Brigitte Bardot. Corps contre corps, sur l'inlassable pulsation du tango, ils déambulaient avec grâce, quand la plupart des couples bourgeois, fidèles à la philosophie du « ni trop ni trop peu », dansaient médiocrement, s'habillaient banalement et rentraient assez tôt pour éviter la gueule de bois.

Lors des grands week-ends, les sœurs de Laurence débarquaient à Étretat. Dans la lumière poétique d'Arnold, je découvrais le petit monde de La Ramée. Mon œil s'enchantait devant ces cousines bavardes et rieuses, bien élevées mais dépourvues de respect pour la hiérarchie sociale, plus intéressées par la charcutière que par leurs amis du golf. Nicole, la plus élégante, avait fait des études de modéliste, puis traversé les océans avec un mari fou de paquebots. Au temps de l'Élysée, elle côtoyait les grands couturiers ; à quarante ans, divorcée, elle travaillait dans une boutique de vêtements mais semblait n'en tirer aucune amertume, et organisait des dîners un peu délurés dans son appartement de la porte d'Orléans. Chacune des cousines avait son grain de charme et d'extravagance ; mais il fallait s'aventurer dans l'arrière-cuisine de La Ramée pour découvrir l'autre face de ces grandes fillettes et leurs angoisses de mamans économes. Craignant de confondre les centimes des unes avec les centimes des autres, elles posaient des étiquettes sur leur portion de beurre ou de lait dans le réfrigérateur et semblaient hantées par une étrange mesquinerie, mêlée aux élans de générosité.

Épouser les petites-filles Coty, c'était donc, aussi, apprendre à quoi il faudrait progressivement renoncer, à commencer par une vie sociale brillante. Lorsque leurs fiancés les avaient rencontrées, dans les années cinquante, elles pouvaient encore paraître fleur bleue, ensorcelées par d'ambitieux jeunes gens. Au fil du temps, ils avaient appris que les cousines ne lâchaient rien : ni leur désir d'ordinaire, ni leurs comptes d'apothicaires, ni leur dédain de la bourgeoisie, ni leur christianisme vertueux. Quelques-uns partageaient les mêmes principes et s'en accommodaient ; sans doute avaient-ils été choisis en partie pour cela. D'autres prirent le large, mais rien ne pouvait remettre en cause les convictions de ces femmes, obstinément fidèles à leur ligne existentielle : une quête résolue de normalité, dissimulée sous une sympathique euphorie. À tout raisonnement s'opposaient des obsessions cent fois réaffirmées : l'une ravie de dire qu'elle ne lisait jamais ; l'autre qu'elle préférait le vin ordinaire aux crus classés ; la troisième répétant que les Parisiens de la plage étaient trop snobs et qu'elle se baignait toujours avec les *vrais gens* d'Étretat. Quand bien même Laurence, au bras de son mari, donnait une image d'élégance et de légèreté, elle n'aimait rien tant que son poste de surveillante dans un lycée et les boîtes en fer qu'elle collectionnait dans sa cuisine.

Seul petit-fils de René Coty, mon oncle Michel avait bien montré, à vingt ans, quelques dispositions pour le *farniente*. Il aimait traîner des après-midi entiers sur la terrasse du Camondet, boire des Martini devant la mer avec les enfants de Jacques Laurier. Il ne dédaignait pas la périssoire ni le golf, et comptait nombre d'amis dans la station devenue royaume de ses divertissements — quand ses parents auraient préféré le voir bûcher sa médecine. Enfant, je le voyais débarquer au Havre, dans sa voiture décapotable d'éternel célibataire ; après quoi il filait vers Étretat avant de rentrer directement à Paris. Mais, depuis son mariage, il ne revenait plus guère sur le terrain de ses frasques.

Dans ce contexte, Arnold restait un personnage unique. Tout en respectant les usages de la famille, il représentait par ses goûts une forme de dissidence. Parfois, il disparaissait pour boire quelques verres avec un ami à la terrasse du casino. Les cousines n'aimaient guère l'alcool ; elles comprenaient mal ce besoin d'échapper au réel, de dépenser de l'argent dans les bars ou au restaurant. D'ailleurs, les apéritifs les ennuyaient ; elles ne trouvaient rien d'aussi agréable que de boire un verre de cidre à La Ramée. Malgré cette incompréhension, l'homme aux lunettes noires s'épanouissait parmi ces femmes qui jetaient, en retour, un regard attendri sur « l'originalité d'Arnold ». Le plus étrange, à leurs yeux pragmatiques, était cette énergie qu'il déployait pour obtenir la réouverture de l'ancienne ligne de train Paris-Étretat. Elles approuvaient cette lubie avec un sourire ; elles cotisaient pour l'association dans une sympathie de principe, mais s'étonnaient toujours de ses obsessions passéistes.

Un feu brûlait dans la cheminée de La Ramée, une valse passait sur le tourne-disque et les cousines papotaient dans la lueur des flammes… Soudain, Arnold arrivait, presque comme un voleur ; puis, tandis que les femmes autour du feu riaient doucement, il s'asseyait devant sa vieille Remington, relisait un feuillet de son rapport sur les asphaltes, tapait quelques lignes et s'interrompait, saisi par la musique douceâtre et la boîte à rythmes. Le bras du vieux pick-up avançait en patinage. Perplexe, Arnold s'interrogeait sur ce vaste projet lancé dans plusieurs communes de la région : le ramassage industriel du galet, et sa transformation en gravier pour l'extension du réseau routier. Puis sa pensée volait ailleurs ; il sortait du salon, passait devant les défenses d'éléphant offertes par un roi nègre et, son verre de whisky toujours dans le creux de la main, s'en allait bricoler le moteur de sa 404.

Par sa présence, cet homme de cinquante ans, avec lequel je ne parlais guère, parce qu'il n'était pas facile de parler avec lui, nourrissait ma quête d'une autre réalité, d'un monde où les casinos et les maisons de vacances seraient habités par des poètes. Cette présence me faisait aussi rêver de Paris où Arnold et Laurence rentreraient lundi matin. Là-bas, loin du Havre, étaient donc possibles ces attitudes inconcevables dans ma province. Là-bas existait cette société plus libre qui, chaque week-end, quittait la capitale pour se déployer dans le théâtre de la côte normande.

4

GÉNÉRATIONS

Chaque été, les cabines retrouvaient leur alignement sur la plage d'Étretat. Les emplacements semblaient fixés pour l'éternité, selon des critères sociaux et géographiques. Au sud, vers la falaise d'aval, se situait la cabine de l'ancien maire, Raymond Lindon, pas très loin de sa propriété. Au centre de l'alignement, juste devant le casino, la cabine de Jacques Laurier rappelait l'ancienneté de sa famille, depuis la défunte Société des Bains de mer. Les descendants de René Coty avaient gardé leur point d'attache au débouché de la rue principale qui portait le nom de leur aïeul. La cabine se situait au pied de l'escalier, comme pour ménager le confort du chef de l'État, en lui évitant d'avoir à marcher sur les galets… Chacun, du moins, pouvait supposer que sa place correspondait à des privilèges ; et cette concurrence portait également sur la taille, la couleur et la forme des cabines, autorisant chaque enfant à supposer qu'il occupait la plus belle.

Au cœur de l'été, il n'était pas très difficile à

un habitué de repérer les différentes tribus regroupées devant ces édicules. D'une génération à l'autre, les familles restaient identifiables par quelques traits physiques communs : la taille moyenne, la forme des visages, la couleur de la peau ou celle des cheveux. D'innombrables cousinages compliquaient toutefois l'arbre généalogique d'Étretat où chacun entretenait une vague parenté avec tous les autres. Chaque année, début août, ces dynasties entremêlées réapparaissaient sur la plage et suivaient un programme festif jalonné par les mêmes étapes obligées.

Le premier lundi était réservé au *rallye promenade* en automobile : une découverte des monuments de la région, entrecoupée d'épreuves physiques et de questions culturelles. Après le pique-nique dans un château des environs (les estivants connaissaient tous des propriétaires de châteaux), cette journée s'achevait par la remise des prix ; mais l'art véritable consistait à se contenter d'une troisième place, puisque les vainqueurs devaient organiser le rallye de l'année suivante. Chaque deuxième mercredi du mois d'août, en fin de matinée, le *vin blanc-crevettes* et sa tombola se déroulaient sur la terrasse du casino en faveur des œuvres du curé (ce jour-là, exceptionnellement, les estivants retardaient le bain de treize heures). Puis venait le 15 août et son *bain costumé*, pour lequel on voyait débarquer sur la plage une bande de baigneurs en redingotes et robes à froufrous, trouvés dans les greniers des villas, qui plongeaient dans l'eau tout habillés. Enfin, la *revue des vieux galets*, chaque dernier samedi d'août, clôturait la saison et se prolongeait par une fête nocturne… La plupart des demeures fermaient à la Toussaint et les volets s'ouvraient de nouveau pour les vacances de Pâques : ainsi allait, depuis le XIXe siècle, la vie rituelle des vacanciers.

Derrière ce théâtre immuable, les transformations sociales s'accéléraient pourtant, ici comme ailleurs. Depuis les événements de 1968, elles avaient trouvé leur principale courroie de transmission chez les adolescents. Difficile d'examiner chaque détail de cette mutation, dont on peut cependant repérer quelques signes récurrents. Parce que les cheveux des garçons avaient commencé à pousser plus que de raison ; parce qu'on adorait soudain tout ce qui venait d'Orient, que les filles se teignaient au henné ou s'enduisaient de patchouli ; parce que, pour la première fois depuis le début du siècle, les disques anglo-américains avaient supplanté les chanteurs français qu'on écoutait auparavant, mâtinés d'un peu de jazz ; parce que des rumeurs couraient sur les rassemblements louches qui se produisaient, la nuit, pour fumer de la drogue (le Petit Camondet de Jacques Laurier passait pour un lieu de débauche, avec son entrée séparée, au rez-de-chaussée) ; parce qu'un certain nombre de garçons qui n'avaient pas vingt ans multipliaient les aventures avec des filles de leur milieu, sans respect pour la tradition bourgeoise (où l'on avait toujours couché facilement, mais hors du cercle des familles) ; parce que ce vent de bohème s'était mis à souffler sur les propriétés les plus respectables où la jeunesse semblait de moins en moins docile, rechignant à accomplir des études sérieuses, à entrer dans les affaires, à goûter les loisirs conçus pour elle... et qu'elle préférait soudain accomplir des voyages exotiques, devenir artiste, faire de la photo, du théâtre ou du cinéma.

L'aspect contagieux de ce bouleversement marquait une rupture dans l'histoire d'Étretat où les bohèmes avaient constitué d'abord une exception venue d'ailleurs, destinée à conforter la gloire de la station sans affecter le ronronnement de la bonne société. À l'intérieur de celle-ci, les velléités artistiques s'étaient longtemps réduites à des *hobbies* : Jacques Laurier ou Raymond Lindon en témoignaient, eux qui avaient mené leur carrière de notaire et de magistrat, tout en concentrant leurs pulsions créatrices dans l'écriture de la revue ou la publication d'ouvrages érudits. À présent, une génération entière — celle de leurs petits-enfants — s'avisait de contester ce fonctionnement impeccable et dédaignait un ordre social conçu pour la protéger.

Dans nombre de familles d'Étretat se retrouvaient, en fait, les trois mêmes strates qui résumaient la société en pleine mutation.

Au sommet, des grands-parents aisés donnaient à ce milieu une apparence de solidité. Outre leur fortune, ils avaient hérité d'une façon de vivre et de penser. Les moyens financiers et les habitudes les incitaient — sans trop se poser de questions — à entretenir d'importants domaines. Un personnel local peu coûteux et dévoué assumait l'entretien, le service et les travaux. Garantissant par leur patrimoine la sécurité de leur progéniture, ces grands-parents restaient accrochés au monde ancien et se montraient peu portés à en discuter les principes. Ils bénéficiaient d'incontestables avantages et en jouissaient avec l'assurance de leur classe.

Il en allait autrement de la génération intermédiaire qui profitait encore de cette assise, mais se montrait rarement prête à continuer dans la même voie. En pleine *social-démocratie*, le système économique tendait à réduire les différences, à rapprocher les modes de vie ; et cet élan touchait les milieux aisés où l'héritage de codes paraissait soudain pesant. Ceux qui avaient eu vingt ans après la guerre se sentaient confusément pionniers d'un monde nouveau, destiné à abolir les archaïsmes. Dans les années cinquante, les plus audacieux écoutaient du be-bop, séchaient la messe du dimanche, se mariaient hors de leur milieu, lisaient des philosophes de gauche. Ils se dégageaient timidement du carcan, sans abandonner les costumes sombres ni les bonnes manières ; ils passaient encore les vacances en famille, mais n'envisageaient guère de conserver longtemps cet encombrant décorum et ce personnel pléthorique.

La société de consommation qui s'étendait d'Amérique en Europe favorisait également de nouvelles conceptions éducatives, fondées sur l'attention aux enfants. C'est ainsi que la troisième génération avait vu le jour comme une tribu venue apporter à l'histoire un sang nouveau. Penchée sur ses berceaux, toute l'époque lui soufflait : « Ce monde est vieux, conventionnel, dépassé. Balance les usages, découvre la liberté, sois moderne, mon fils. » Partagés entre le style autoritaire du passé et la crainte des maladresses psychologiques, les parents préféraient laisser leur postérité s'épanouir, encourager ses désirs et voir, avec un mélange d'appréhension et de fierté, s'ouvrir les portes d'une ère nouvelle ; à moins qu'il ne se soit agi de conclure le cycle, en retournant à cette vie modeste qui, un siècle plus tôt, avait précédé l'ascension d'un ancêtre industriel ou commerçant.

À présent, les petits princes étaient devenus ces adolescents modernes, pressés d'abolir le protocole dont leurs aînés n'avaient pas osé se débarrasser tout à fait. Hippies, révolutionnaires et bientôt punks, ils s'employaient, le cœur vaillant, à détruire un socle déjà fragilisé. Après Mai 1968, quelques-uns avaient brièvement communié avec leurs parents dans la revendication d'un *changement*... Mais la vague était retombée et le doute s'installait. Tandis que la société se modernisait à toute vitesse, nombre de jeunes bourgeois révélaient leur malaise, leurs tendances suicidaires, leur goût des expériences dangereuses. Certains s'enlisaient dans la vase des artistes frustrés, des intellectuels précaires et des chômeurs de longue durée. Les grands-parents suivaient cette évolution d'un œil perplexe, mais confiant. Ils avaient vécu dans un milieu où l'on traversait les crises sans trop de déboires, parce que des fortunes immenses permettaient toujours, en fin de compte, de caser les enfants, de leur assurer un emploi, de les ramener au bercail et de tout continuer comme avant. Ils ignoraient qu'une force plus profonde s'était mise en mouvement, que leur vieille élite, arc-boutée sur son style de vie, n'aurait plus guère de sens dans le monde en train de naître sous les oripeaux de la modernité.

IV

La lutte des classes à Étretat

1

EN PARISIEN

À vingt ans je vivotais dans une chambre à Pigalle. Heureux d'avoir enfin largué les amarres, après trois années de fac ennuyeuses à Rouen, je gagnais ma vie en pianotant dans les cours de danse. Le soir, parfois, je jouais dans des spectacles et, souvent, je traînais jusqu'au petit matin. Le reste du temps, j'alignais laborieusement des kilomètres de prose poétique.

Devenu parisien, je compris soudain, pleinement, l'attrait des fraîcheurs normandes. Quand j'habitais au Havre, où le vent soufflait trop fort, je rêvais de contrées ensoleillées. J'avais passé quelques séjours étouffants à Aix-en-Provence, errant dans les rues brûlantes en me persuadant d'y prendre du plaisir… Depuis mon installation dans la capitale, je m'avisais que cette côte du pays de Caux, qui s'étend du Havre à Dieppe, était pour moi le plus aimable des rivages. J'aimais de plus en plus ses falaises tombant à pic, son eau grise ou turquoise au gré du ciel changeant, ses plages en pente raide, si bien adaptées aux plaisirs de la nage. À peine éloigné de cette région, il m'apparut même que j'adorais ces grands bains salés qui, enfant, me paraissaient détestables.

Tout un faisceau de raisons me ramenait vers Étretat : la qualité du climat, les vertus thérapeutiques de la mer, sans parler d'une mythologie personnelle obstinément tournée vers ces artistes « Belle Époque » qui, un siècle plus tôt, filaient sur les plages normandes par la gare Saint-Lazare. Inspiré par leur exemple, je voulais reprendre le même chemin. Pressé d'accomplir mon retour en « Parisien », j'allai voir la sœur de ma grand-mère et lui parlai de mon goût nouveau du littoral cauchois. Sans attendre, tante Élisabeth m'invita à passer quelques jours à La Ramée. Elle me proposa même de l'accompagner en voiture et me donna rendez-vous, pour le départ, un matin du mois de juillet.

Je devais la rejoindre à neuf heures précises dans son appartement près du parc Monceau. Je sonnai à l'heure dite, mais de longues minutes s'écoulèrent sans réponse. M'étais-je trompé de jour ? J'allais sonner une deuxième fois quand, enfin, j'entendis quelques pas puis d'étranges raclements de gorge, avant de voir apparaître, dans l'entrebâillement, ma grand-tante en chemise de nuit, tout juste réveillée. Son sourire mielleux lui donnait un air de vieille nymphe surprise dans son sommeil. Comme je m'inquiétais d'une possible confusion, elle m'interrompit en ouvrant davantage la porte :

— Pas du tout ! Mais j'ai très mal dormi. Je vais te demander d'attendre un peu !

Sa voix éraillée passait continuellement du grave à l'aigu. Ce chat dans la gorge et son air embrouillé du matin semblaient repousser loin l'heure du départ. Mais, refusant d'admettre qu'elle s'était levée trop tard, la fille aînée du président Coty m'invita à patienter un instant, le temps de s'habiller et de finir les bagages. Je vis alors disparaître, vers le fond de l'appartement, cette femme généreuse en combinaison de dentelle, d'une nature impulsive et désordonnée comme en témoignait son salon encombré de tableaux, sculptures, bibelots, boîtes à chapeaux, boîtes à chaussures, empilement de paquets à peine ouverts… C'est alors, seulement, que je découvris une présence discrètement abandonnée sur une chaise : celle de l'oncle Jean, prêt et costumé depuis longtemps, qui râlait à voix basse dans la pénombre.

Le contraste entre cette femme énergique et ce petit bonhomme effacé me rappelait les couples du dessinateur Dubout. Tante Élisabeth avait beau répéter à qui voulait l'entendre que son mari était un *grand ingénieur*, sa façon exagérée de mettre en valeur ce petit homme accentuait encore le contraste. Pour évoquer leurs premières années de mariage, elle reprenait parfois son minois de coquette, soumise par un séducteur ; mais cette version n'était guère crédible, ni physiquement ni psychologiquement, et trop de détails soulignaient plutôt son autorité féminine sur ce timide époux. Elle l'appelait d'ailleurs continuellement « mon petit » — reprenant la formule de son père lorsqu'il s'adressait à ses proches. Si bien que l'oncle Jean avait fini par devenir ce personnage de l'ombre, passant ses journées à bougonner, comme un homme résigné à ne compter pour rien. Je le saluai poliment, mais sans trop insister ; car il suffisait parfois de s'apitoyer pour qu'il se montre désagréable.

Toute mon attention restait d'ailleurs tournée vers sa fantasque moitié qui avait disparu dans la salle de bains, puis, après une longue attente, réapparut sous un mince peignoir, théâtralement fraîche et dispose pour entamer la séance des bagages. Des valises, des sacs, des paniers ouverts s'étalaient dans la salle à manger où tante Élisabeth prit la direction des opérations. Elle lançait des ordres contradictoires à son mari qui apparaissait, chargé des piles de vêtements, en grognant du bout des lèvres. Par instants, il s'asseyait, fatigué, faisait mine de ne pas entendre, puis se remettait en chemin au troisième rappel comme un enfant pris en faute. Son épouse était bien trop vaillante pour lui ; plus encore maintenant qu'il se sentait si vieux. Il trottait en soupirant d'une pièce à l'autre, portant chemises et pantalons sur ses bras décharnés d'ancien combattant de 14-18. Ses pieds traînaient au sol. À peine le temps de souffler, il emportait dans l'autre sens une paire de vestons froissés. Dans des élans désordonnés, tante Élisabeth mélangeait le linge propre et le linge sale, avant d'ajouter :

— Maintenant, mon petit, je vais te demander de me passer mon manteau.

Avait-elle oublié qu'elle n'était pas encore habillée ? Tandis qu'elle se démenait, à moitié nue, l'oncle Jean levait les yeux au ciel, vers un complice indulgent. Il ne comptait pas sur moi, mais il me prenait à témoin. Sa vie terrestre n'était que résignation, depuis que le destin l'avait choisi comme victime des femmes. Car, non seulement son épouse l'avait toujours dominé — sauf peut-être aux tendres moments d'un passé lointain qui autorisait ces faux airs de bonheur conjugal, quand le vieil homme prononçait tendrement : « ma biche » (elle poussait alors des roucoulements de vieille gamine) ; mais elle avait ensuite mis au monde une demi-douzaine de filles et pas un seul garçon. Toute sa vie, Jean Meyer avait travaillé sans relâche pour assurer la prospérité d'un gynécée. Quelques vieilles photos encadrées montraient le frêle ingénieur en short de randonnée, lunettes sur le nez, fier comme Artaban entre son épouse et les six belles gamines. Mais le rêve d'amour avait fait place au harcèlement mutuel qui occupe souvent les vieux couples.

Quand le tri des vêtements parut achevé, puis les valises bouclées, tante Élisabeth emplit un panier de provisions plus ou moins fraîches. Elle récupéra dans le four un reste de poulet gras, versa un fond de sauce dans un *Tupperware*, enfila son pardessus ; puis je descendis leurs valises jusqu'à la voiture, et le voyage vers Étretat commença, ponctué par une succession de retards qui constituaient le premier rituel des vacances.

À peine sortis de Paris, il fallait d'abord s'arrêter au restaurant à Mantes-la-Jolie. L'habitude datait du temps où les routes étaient lentes et où cette ville du bord de Seine annonçait l'arrivée en Normandie. Désormais, Mantes était englouti par la banlieue, mais cela ne changeait rien ; tante Élisabeth y avait ses habitudes qui imposaient d'accomplir une halte pour déjeuner, au moment où nous croyions être enfin partis. Le repas, copieux et arrosé, se prolongea par une visite détaillée de la collégiale gothique où la sœur de ma grand-mère entendait récapituler ses connaissances architecturales sur le XIIe siècle. Entre le restaurant et l'église traînaient quelques immigrés des cités ; mais la fille du Président semblait indifférente aux changements de cette ville-étape. Elle traversait la place et agitait les bras en discourant sur le Moyen Âge, comme une bourgeoise cultivée au cœur du ghetto. Puis le voyage reprit son cours chaotique.

Les kilomètres se succédaient sur l'autoroute. Tante Élisabeth tenait le volant, tout en me parlant de musique ou de philosophie, le visage dangereusement tourné vers la banquette arrière où je me tenais. À sa droite, son mari disparaissait presque dans le siège du passager. À l'approche du péage, elle s'adressa à lui :

— Mon petit, je vais te demander de me passer de la monnaie !

L'ingénieur bougonna, puis il fouilla dans ses poches, sans trouver les pièces à jeter dans la corbeille. Nous étions engagés dans la file, et tante Élisabeth s'impatientait :

— Tu aurais dû prévoir !

Tonton Jean émit un râle. L'auto s'était immobilisée dans la file ; derrière nous, les autres véhicules commençaient à klaxonner. Alors la sœur de ma grand-mère se tourna vers moi, agacée, mais gardant son sourire charmeur :

— *Je vais te demander* (elle employait toujours cette forme de futur) d'aller chercher de la monnaie au guichet.

Soucieux d'écourter ce moment pénible, j'accomplis ma mission en courant, sous le tumulte des avertisseurs. Après quoi, le voyage reprit son cours tandis que tante Élisabeth s'adressait à son mari sur un ton réprobateur :

— Mon petit, je ne suis pas du tout contente…

Dix kilomètres plus loin, à la station-service, les deux vieillards se dirigèrent vers les toilettes, tandis que j'errais dans l'espace-vente au milieu des familles de vacanciers. Au moment de regagner la voiture, ma grand-tante s'aperçut qu'elle avait égaré ses clés. Superbe de mauvaise foi, elle se tourna vers son mari, interrogative. Comme il grommelait qu'il ne les avait pas, le ton monta encore et il poussa un nouveau soupir, tandis qu'elle fouillait dans son sac où elle finit par saisir le trousseau. Oncle Jean en profita pour émettre un grognement satisfait qui fit littéralement exploser sa femme :

— Mon petit, je ne peux pas compter sur toi. Alors je te prie de te taire !

Les kilomètres s'égrenaient. La voix de tante Élisabeth s'emportait, puis retombait, avant de ressurgir dans de brefs accès (« Je suis fâchée »). Peu à peu une torpeur envahit la voiture qui traversait le département de l'Eure, entre les troupeaux de vaches et les champs de colza. À l'approche de Rouen, la conductrice commença à faire entendre sa mansuétude (« Bon, ce n'est pas grave, je veux bien oublier... ») ; puis elle accorda son pardon, avant de lancer une autre conversation depuis son volant. Assis derrière eux, j'admirais béatement le spectacle des couples d'autrefois, capables de passer une vie ensemble sans s'aimer à la folie. Une telle aptitude à rester unis, dans l'amour comme dans le ressentiment, avait désormais quelque chose d'extravagant. Cinquante années de mariage plus ou moins arrangé, un demi-siècle d'habitudes ne constituaient-ils pas une performance plus intéressante qu'un divorce au premier accroc ? Cette convention qui les unissait, pour le meilleur et pour le pire, ne marquait-elle pas un moment de civilisation aussi élevé que notre exaltation de l'amour sincère, jetable à volonté, finissant sur le divan du psychanalyste ?

Nous arrivâmes à Étretat pour dîner — retrouvant involontairement les horaires d'un passé où une journée entière était nécessaire pour accomplir deux cents kilomètres. Pareille fidélité aux usages du temps perdu me comblait : tante Élisabeth n'appartenait pas à la génération rapide des week-ends éclairs ; elle conservait les rythmes d'une époque où l'on s'installait pour la saison au bord de la mer, comme j'ambitionnais désormais de le faire moi-même.

*

De La Ramée, je ne connaissais guère que le rez-de-chaussée, la salle à manger, le grand salon plein de souvenirs, et ces toilettes bizarrement situées au milieu de la cage d'escalier. Invité par ma grand-tante, je pus enfin m'étendre dans les chambres au papier peint fleuri. Penché aux fenêtres du deuxième étage, je découvris au loin les falaises et tout un paysage de jardins où s'élevaient des villas ravissantes. Je fouinais dans les alcôves pleines de souvenirs et me débarbouillais dans des cabinets de toilette démodés. J'aimais les lavabos en émail et ces robinets de cuivre qui versaient une eau trop chaude ou trop froide. J'étais fier, surtout, de me rendre à la plage muni des clés de la cabine de bain, enchanté de pouvoir enfin dire « cabine », selon l'usage d'Étretat (au Havre, on trouvait que « cabine » faisait snob et il fallait dire « cabane », aux consonances plus prolétaires). Quand je m'installais sur les galets, muni de mes serviettes et de crème solaire, des voisines curieuses s'approchaient ; j'expliquais que j'étais le fils d'une des « cousines » du côté Charles. Quelques-unes demandaient des nouvelles de ma mère et cette soudaine familiarité me plaisait.

De retour pour dîner, je bavardais avec tante Élisabeth, toujours fantasque pour évoquer ses rencontres avec Jean Cocteau ou Francis

Poulenc. Depuis mon installation à Paris, je cultivais le goût d'une double vie. Par certains côtés, j'étais un noctambule acharné, fumeur de hachisch, prêt à tout pour me perdre dans la nuit *funky* des night-clubs ; mais je prenais aussi bien plaisir à enfiler le costume du garçon bien élevé et spirituel. Tout en vivant pauvrement sur la butte Montmartre, j'acceptais facilement les invitations dans les beaux appartements du septième. Ma grand-mère y comptait encore quelques amis qui me recevaient devant leurs bibliothèques et leurs tableaux anciens. Je découvrais les charmes d'une bourgeoisie finissante et ses conventions m'apparaissaient comme un sel de l'existence — aussi délectable que l'artifice d'une soirée au Privilège ou aux Bains Douches.

Les filles de tante Élisabeth montraient moins de goût pour ces anciennes manières. Soucieuses d'affirmer leur indépendance, elles se partageaient les séjours avec leurs parents. Après avoir imprimé leur style aux week-ends de printemps, Laurence et Arnold disparaissaient pendant le mois d'août. Le rituel des repas, le service à table, les conversations cultivées qui ennuyaient les enfants, tout cela leur paraissait trop contraignant. Les cousines préféraient traîner à la plage et manger à la bonne franquette. Comme petit-neveu, il était certes plus facile de goûter, comme un spectacle, les apparitions théâtrales de tante Élisabeth, accrochée à la rampe de l'escalier : de sa voix yodlante elle proposait au choix du rôti ou du gigot — jusqu'à ce qu'on lui réponde « du rôti » et qu'elle opte finalement pour le gigot. Quand elle me pria, un jour, d'aller porter de sa part un pli chez le notaire Jacques Laurier, figure du vieil Étretat, j'acceptai sa proposition comme un privilège et franchis timidement la barrière du Camondet où l'animateur de la revue me demanda quelques nouvelles fraîches de ma famille.

Plusieurs séjours à La Ramée me permirent de mieux connaître les cousins parisiens de ma génération. Ces enfants tellement hostiles quand nous venions du Havre, le dimanche après-midi, s'étaient transformés en jeunes gens sympathiques. Mes petits débuts littéraires et musicaux (je venais de publier une nouvelle dans la revue *Minuit* ; on m'avait vu dans le métro sur l'affiche d'un spectacle) faisaient de moi un aîné intéressant. De leur côté, ils m'offraient une connaissance approfondie de cette localité où ils passaient leurs vacances depuis le berceau. Dans leur sillage, je perfectionnai mes habitudes de Parisien en goguette : promenades sur le Perrey, bains rituels de 13 heures et 18 heures, apéritifs aux Roches blanches… À l'évidence, quelque chose de l'empreinte maternelle nous rapprochait : une même façon de regarder le jeu social avec dérision, comme si nous avions appris dès le berceau la relativité des choses. Ils semblaient toutefois plus atteints que moi par l'autre syndrome familial : un rejet de tout ce qui paraissait riche ou brillant, et ce devoir de discrétion sur notre arrière-grand-père (pour les conversations, une cousine avait même trouvé une anagramme transformant « grand-père Coty » en

« grand Picothère » — tel un curieux mammifère d'Amazonie). Ils regardaient les autres Parisiens d'un air moqueur, préférant se lier avec des enfants de pêcheurs ou de commerçants du cru.

Tout en épousant le style de La Ramée, je finis par supposer que la grande vie balnéaire, aux charmes désuets, devait se poursuivre ailleurs, dans d'autres villas aux traditions mieux préservées. Une vraie connaissance de la société locale exigeait des séjours plus nombreux, une participation au calendrier collectif de la saison. Seule cette présence régulière m'ouvrirait progressivement les portes du monde enchanté. Car tel était le but que je visais désormais, sans y croire : je voulais voir exister cet Étretat idéal, connaître ce monde de légèreté, d'intelligence et de luxe qui avait longtemps favorisé l'épanouissement des artistes. Avec son sens des plaisirs et son absence de préjugés, la même société devait à présent favoriser mon propre épanouissement.

2

LE GOÛT DES VIEUX

D'un été à l'autre, je pris l'habitude de louer des chambres d'hôtes ou de petits appartements avec vue. Chaque début juillet, imitant l'ancienne migration, je me rendais gare Saint-Lazare chargé de valises. Deux heures plus tard, à Bréauté-Beuzeville, je grimpais dans un taxi. Vingt minutes encore et j'apercevais les falaises, au débouché du vallon de Criquetot. Je ne partais pas en vacances, mais je *déménageais* au bord de la mer, muni de mon attirail : machine à écrire, partitions de piano, lectures, vêtements ordinaires, costumes plus habillés, radiocassette, choix de musique et réserve de cannabis. Tout cela devait me permettre de passer la belle saison à écrire, tout en approfondissant ma connaissance des mœurs locales.

Sitôt arrivé, j'ouvrais les fenêtres et je me penchais pour admirer la baie encadrée de falaises en aspirant une bouffée d'air marin. Je m'en allais ensuite arpenter le Perrey où je constatais — avec satisfaction — que le nombre d'individus qui me reconnaissaient augmentait d'une année sur l'autre. Patiemment, je devenais un figurant de la saison. Dans les bribes de romans que je concoctais, j'éprouvais déjà un goût marqué pour l'observation des activités sociales, et cette station m'offrait un terrain d'étude idéal. Sa taille réduite et sa longue histoire en faisaient un vrai microcosme. Les rituels immuables (bain de treize heures, rallye-promenade) s'y conjuguaient aux mutations de l'époque (cette façon qu'avaient désormais les gosses de riches d'emporter *Libération* à la plage). Tout cela constituait un sujet de réflexion, à l'intérieur duquel je me sentais à la fois observateur et protagoniste décalé — ayant grandi au Havre avant de découvrir, sur le tard, l'attrait des vacances normandes.

Sur le chapitre de la vie artistique et mondaine, je dus déchanter rapidement. Mon idéal faste semblait avoir disparu depuis longtemps... à moins qu'il n'ait jamais vraiment existé. Tout, dans cette station, s'articulait autour de la *vie de famille*, soulignant ce que la société peut avoir de plus convenu. Les seuls liens qui comptaient n'étaient pas ceux de l'esprit, mais ceux de la biologie et accessoirement de l'économie. D'un été à l'autre et de l'enfance au tombeau, des cousins du même âge se regroupaient pour évoquer les sujets correspondant à leur degré de vieillissement. Les dynasties d'ingénieurs, de médecins et de chefs d'entreprise donnaient une image de cette société moins frivole que l'architecture des villas. En saison, quelques propriétaires s'entre-invitaient à des apéritifs en se mettant sur leur trente et un, comme pour perpétuer un rituel ; mais peu d'entre eux se montraient désireux d'élargir leur cercle de centraliens et de polytechniciens, ni le contenu des conversations qui tournaient pour l'essentiel autour de la reproduction (les enfants, les études des enfants, les mariages des enfants, les petits-enfants, etc.), des affaires (l'argent, l'entreprise, la Bourse, le pouvoir...) et des obsessions locales (le temps, la température de l'eau, les sorties en périssoire, la revue, le vin blanc-crevettes...).

J'avais beau faire de l'œil aux rombières qui, en fin d'après-midi, sortaient de chez le coiffeur pour se rendre à ces réceptions, il m'était impossible de les accompagner, du simple fait que je n'appartenais ni au groupe des propriétaires ni à leur génération. Devant les jardins où j'apercevais leurs silhouettes endimanchées, je m'agaçais un instant de rester à l'écart, avant de me demander pourquoi j'irais m'ennuyer de la sorte. Leur style de vie n'avait peut-être jamais été que cela : une parade d'hommes d'affaires et de maîtresses de maison, désespérément banals — même lorsqu'il s'agissait d'un chef de cabinet ministériel ou du président du Fonds monétaire international. Entre la « grande » et la « petite » bourgeoise, la différence restait infime, et les artistes n'avaient préféré la première que pour le surcroît de confort qu'elle leur apportait. Peut-être même ces villas que je trouvais si jolies, sous leur patine, n'étaient-elles, à l'origine, que des fantaisies de « nouveaux riches » désireux d'épater leurs voisins en sacrifiant au clinquant de leur temps ? Peut-être me fallait-il admettre que le conformisme avait toujours été le moteur de cette classe sociale, comme des autres.

Quant à la terrasse du casino où j'avais espéré siroter quelques *américanos* en veste d'été, elle restait presque toujours fermée ou déserte — sauf les rares samedis chauds, quand une clientèle de touristes en goguette traînait le soir devant la plage avant de se hasarder dans ce dancing minable. En somme, chacun vivait chez soi, chaque famille dans sa famille, chaque génération dans sa génération, chaque profession dans sa profession. Pour retrouver la station de mes rêves, il ne me restait plus qu'à retourner vers la mer, à goûter la belle ordonnance de la plage, des cabines et des périssoires alignées pour les vacances. Et la chute du soleil au fond de la baie constituait mon véritable luxe, perché le soir dans ma chambrette face à l'aiguille rocheuse qui émergeait des flots.

*

Je goûtais plus encore la lumière de l'aube, quand la Manche bleu pâle sortait du sommeil pour entrer mollement dans une journée vaporeuse. Enchanté par ces demi-teintes, je me servais un café et je commençais à écrire quelques lignes… quand un vacarme m'attirait de nouveau à la fenêtre. Il n'était que neuf heures mais le Perrey était noir de monde pour le *Triathlon d'Étretat.* Camping-cars, motos pétaradantes et sonorisées crachant leur disco à plein tube se répandaient dans les ruelles. Un haut-parleur hurlait que « le petit David, sept ans » était recherché par ses parents. Secoué par la violence du spectacle, je songeais que je détestais la foule, mais que l'humanité me passionnait et que tout ce qui survenait dans ce théâtre normand me concernait. Les voitures arrivaient, de plus en plus nombreuses, lâchant d'autres badauds qui s'entassaient derrière les barrières métalliques. Dans les bouis-bouis de la plage, les visiteurs dégustaient les fruits de mer arrivés le matin par camion de Rungis. Au coup de sifflet du triathlon, des dizaines d'hommes musclés plongeaient et crawlaient vers l'arche de la falaise d'aval, moulés dans leurs combinaisons qui les faisaient ressembler à de gros bébés.

Protégée par le calme de ses allées privées, la société parisienne restait ostensiblement à l'écart de ces manifestations. On la voyait seulement réapparaître sur la plage après la bataille, vers six heures du soir, quand le touriste s'effaçait et que se jouait, pour la millième fois, l'immuable rendez-vous en maillot de bain des hommes d'affaires et des mères de famille.

Fidèle aux conversations climatiques, ce milieu poursuivait néanmoins sa mutation. Lorsque s'éteignaient de vieux parents, les enfants étaient de plus en plus nombreux à brader leurs villas : « les charges ! », répétaient-ils avec un pragmatisme sans état d'âme. Je m'étonnais secrètement d'une telle indifférence pour ces jolies maisons qui me faisaient rêver. Ma nostalgie ne changeait rien à l'affaire : depuis les années soixante, les grandes propriétés voyaient leur prix s'effondrer. En quelques saisons, plusieurs s'étaient transformées en foyers de personnes âgées ou résidences d'appartements. Débarrassés de leurs domaines, les rejetons de l'ancien Étretat achetaient des maisons de pêcheurs et se contentaient d'entretenir l'illusion à l'heure du bain. Quelques-uns gardaient leur cabine ; ils se montraient fidèles à leur cercle et aux apéritifs sur les galets ; vivant sur un petit pied, ils n'en renonçaient pas moins au sentiment de constituer l'aristocratie locale.

Conscient que tout se jouait à cet endroit, je ne manquais pas de débarquer chaque jour au bon moment, ma serviette sur l'épaule. Les cousines se baignaient systématiquement à l'écart, comme pour marquer leur dédain vis-à-vis du quartier chic de la plage, parfois surnommée « le seizième ». Loin de leur antisnobisme militant, je me réjouissais de retrouver chaque jour les mêmes conversations futiles. Dans l'appétit social où je me trouvais, j'étais prêt à m'emparer de n'importe quel bout de relation pour m'en faire un ami, à m'intéresser au championnat de football pour me faire inviter dans une villa en forme de château écossais, à changer d'idées politiques pour siroter un whisky dans la maison coloniale où avait demeuré cent ans plus tôt un amiral anglais, à me faire séducteur pour visiter ce faux chalet bavarois bâti sous le second Empire par un compositeur de valses…

Selon la logique même de cette station, il me fallait toutefois — pour accomplir mon intégration — passer par les *jeunes* de ma génération. Dans ce but, je fréquentais régulièrement le bar des Roches qui, devant la mer, servait de rendez-vous à leur déshérence. Mettant à profit mon sens de l'entregent, je me liai à quelques futurs informaticiens ou magistrats que je n'aurais pas songé à fréquenter ailleurs. Ici, je me laissais facilement entraîner dans des boums où l'on dansait le rock en buvant du punch, et où des filles ingrates me faisaient de l'œil. Rien n'était négligeable pour accéder à cette jeunesse dorée. À Paris, j'avais déployé des efforts identiques pour entrer *en habitué* dans les boîtes de nuit à la mode. De la physionomiste du Palace aux familles d'Étretat, le processus était le même : je voulais me sentir chez moi, accéder à des privilèges qu'on m'avait présentés comme injustes. Je ne croyais pas au mérite des privilégiés ; mais l'idée de rester à l'écart d'un groupe quelconque m'était insupportable.

Tourmenté sur ce point précis, je passais chaque soir aux Roches à l'affût de nouvelles rencontres. Seul au bar devant ma bière, je me voyais parfois en train de mendier un sourire à tel personnage important que j'avais repéré sur la plage. Et cette figure à laquelle je m'accrochais comme un érotomane m'ignorait généralement, moins par méchanceté que par inattention. Car tous ces jeunes gens normalement constitués, qui vivaient par bandes et se connaissaient depuis le berceau, n'étaient pas portés à comprendre pourquoi un nouveau venu choisissait de passer ses vacances ici, ni pourquoi il tenait tellement à se rapprocher d'eux.

Qu'espérais-je donc trouver dans ce royaume des familles ? À vingt ans, ceux qui le pouvaient s'enfuyaient loin d'ici. Ils passaient épisodiquement à Étretat pour faire plaisir à leurs grands-parents et retrouver quelques anciens copains du club Mickey. Je laissais donc entendre que je m'étais, moi-même, longuement éloigné d'Étretat, avant d'y revenir. Mes interlocuteurs ne se souvenaient guère de vacances que nous aurions passées ensemble ; mais je leur opposais ma connaissance parfaite de la généalogie locale, étudiée à la plage avec une exigence quasi scientifique ; si bien que j'étais capable de leur citer — mieux qu'ils ne pouvaient le faire eux-mêmes — le nom de leur grand-tante ou de leur arrière-petit-cousin. Quand beaucoup d'entre eux dédaignaient les règles du rituel étretatais, je me chargeais de les leur rappeler avec la foi d'un nouveau converti.

Entre les cocktails des parents et la nonchalance des enfants, cette station me réservait toutefois sa meilleure part avec le troisième âge, où je finis par trouver mon milieu naturel. Affalé sur la plage, je draguais les vieillards à l'heure du bain. Quelques bourgeoises octogénaires venaient parfois nager, dans des maillots qui n'adhéraient plus vraiment à leur corps osseux. Plein d'indulgence pour leurs chutes de peau, je les aidais à descendre sur les galets et leur donnais encore la main pour sortir de l'eau. Elles citaient des poètes, ravies de montrer qu'elles avaient de la culture au tendre garçon qui leur souriait. J'appréciais les manières de cette génération : cette distinction permanente entre vie personnelle (qu'on n'abordait jamais) et divertissement social (où il fallait se montrer aimable et brillant), quand la jeunesse, trop souvent, s'abandonne à ses sentiments.

Par le biais des aïeux je parvenais à mon but. Nombre d'entre eux avaient connu ma famille et ma présence les ramenait au temps de leur propre jeunesse. À leur tour, les vieilles dames me racontaient des anecdotes sur René Coty (chacun en connaissait au moins une ou deux, plus ou moins vraisemblables) et les rôles se renversaient. Soudain, c'est moi qui les flattais en parlant avec elles. Je n'étais plus ce vague écrivain venu on ne sait d'où. Mieux encore : puisque ma famille dédaignait ces moments sociaux, j'apparaissais dans ce théâtre comme l'unique descendant du Président. Je pouvais y jouer le rôle de prince amoureux des arts, jouissant d'une confortable rente. Quoique très fauché, je faisais presque illusion. Au fil des semaines, d'autres femmes m'attiraient dans leur groupe où l'on causait de sujets artistiques et littéraires. Je restais ainsi sur la plage en compagnie des aînés, tandis que ceux de mon âge sirotaient sur une terrasse devant la mer ou s'épuisaient à la recherche de jolies filles.

En quelques années, je devins l'idole des femmes mûres. Le premier jour de la saison, vers midi et demi, je me postais sur le Perrey pour repérer les groupes qui papotaient. Puis je m'avançais, glorieux, sur les galets, vers ces retraitées heureuses de me voir de retour. Chaque matin, elles attendaient mon apparition à la plage. Tout près d'elles se découpait la forte silhouette d'un peintre de soixante-quinze ans et cent vingt kilos, qui avait fait plusieurs fois le tour du monde. Disciple de Fernand Léger, cet homme avait également organisé les premières projections de films dans les avions d'Air France ; puis il s'était retiré dans une ferme des environs d'Étretat où il peignait des toiles géométriques. Nous nous étions liés d'amitié et j'aimais le voir arriver, muni d'un sac de toile blanche où il enfouissait quelques galets précisément choisis. Nous parlions de lectures, de politique et de l'air du temps. Après s'être baigné (il flottait dans l'eau comme un gros ballon rond), il m'invitait dans sa ferme pour casser la croûte.

Intégré à cette compagnie, j'échappais enfin au travers fondamental de la station : cette façon de se rapprocher selon les seuls critères de famille, de génération et de profession. N'était-ce pas le signe déplorable du conformisme de la côte normande, où il fallait être nés ensemble pour se parler, faire le même métier pour se côtoyer ? Mon goût des vieux abolissait une frontière. À l'âge où d'autres ne songeaient qu'à l'agitation sexuelle du monde, tout mon plaisir visait à fréquenter ces êtres d'un autre temps. Face à la rumeur obsédante du changement, j'adorais me livrer à une fuite en arrière. Je ne trouvais pas le passé préférable en soi ; mais je le trouvais irrésistible au moment de disparaître, quand il se réduisait à quelques personnes, quelques conversations, quelques souvenirs.

3

LA LUTTE DES CLASSES À ÉTRETAT

Chaque dimanche, après déjeuner, les paysans cauchois s'engouffrent dans leur voiture pour aller regarder la mer. On peut les reconnaître sur la plage d'Étretat, rassemblés en famille face au vent qui souffle, fidèles à un rituel que n'affecte pas le passage du temps. Tout le reste a changé : les cultivateurs habitent des maisons modernes, reconstruites à l'intérieur des anciennes cours plantées ; leurs bêtes engraissent dans des hangars en parpaings et leur fourrage est protégé par des bâches en plastique sous des piles de pneus. D'une génération à l'autre, ils conservent pourtant l'habitude de cette promenade et retournent chaque semaine observer l'élément liquide d'un œil perplexe, la plupart du temps sans y tremper les pieds.

Assis sur les galets, les anciens portent des bérets et leurs visages rouges semblent usés par le soleil et le vent. Les jeunes ont les cheveux décolorés, des anneaux à l'oreille pour les garçons et des anoraks violets pour les filles. Leur style vestimentaire oscille entre campagne et banlieue. Ils parlent peu, mais ils occupent le temps de la digestion à jeter des galets dans l'eau. Ils en prennent un, le regardent en hésitant, puis le balancent un peu plus loin, et ils recommencent. Le cultivateur normand n'est ni marin ni baigneur ; mais la mer demeure son but de promenade et son principal sujet de réflexion.

Au sommet de la plage, contre la digue en béton, se serrent une dizaine de cabines en bois. Il y en avait quarante ou cinquante quand j'étais petit ; les voici réduites à une vieille garde décharnée, délimitant une zone principalement fréquentée par les familles parisiennes. Il ne faut pas, en effet, beaucoup de temps pour deviner que les personnes en train de bavarder là-haut, ou de lire la presse du jour, appartiennent à cette catégorie sociale. Sans agressivité, mais avec naturel, elles se comportent comme chez elles dans l'espace délimité par leur présence. Le lecteur du *Monde* relève le visage et salue un arrivant qui s'assoit au milieu du groupe voisin ; puis il replonge dans son article sur le remaniement ministériel. Les conversations vont bon train. Des corps en caleçons se déplacent, se congratulent, échangent une plaisanterie, s'éloignent à nouveau, comme dans un cocktail. Tous leurs mouvements se déploient à l'intérieur du même salon imaginaire.

L'ensemble social le plus nombreux et le moins typé est constitué par les touristes de passage : banlieusards, provinciaux, Belges, Hollandais ou même Italiens venus découvrir la fraîcheur des rivages du Nord. Parfois, des Antillais débarquent par groupes de vingt ou trente, munis de solides glacières, assez surprenantes en cette contrée.

Le touriste suit les mêmes horaires en vacances qu'au travail : il arrive à la plage le matin, repart pour déjeuner, puis revient l'après-midi jusqu'à l'heure de l'apéritif. Il transporte un imposant attirail de canards en plastique, bouées gonflables, parasols, pelles et seaux destinés à bâtir des châteaux de sable. Comme il n'y a pas de sable, les enfants descendent remplir leurs seaux dans la mer puis les déversent sur les galets. Les touristes forment généralement de petites cellules familiales, tandis que les Parisiens se regroupent plutôt par colonies. Si vous voyez côte à côte un père, une mère et deux bambins occupés à ratisser les cailloux dans leur seau, il s'agit probablement d'un jeune ménage anglais. Si vous voyez quatre femmes âgées papoter au soleil de midi, ou une bande de jeunes traîner en fin de journée, ce sont plus certainement des Parisiens habitués d'Étretat.

Seuls les autochtones n'apparaissent quasiment jamais sur le rivage. Natifs du bourg, employés, commerçants, ils passent la saison à faire tourner le commerce : cafés, restaurants, épiceries, souvenirs, boutiques d'artisanat… Tributaires de la présence touristique, ils portent cependant leur bagage d'humiliation face aux estivants. D'une génération à l'autre, l'autochtone n'a pas oublié le temps où cette plage était réservée aux abonnés du casino. L'épicier du coin est plus prospère que nombre d'héritiers de fortunes décomposées ; il n'entretient pas moins, dans les tréfonds de sa conscience, le sentiment d'avoir été l'esclave du premier. Il n'exige pas d'excuses ni de dédommagement ; mais il accuse désormais le Parisien de freiner le *développement* local pour protéger la tranquillité des villas. Il milite au contraire pour l'élargissement des routes et l'extension des parkings. Il n'a rien contre les autocars de tourisme qui tentent d'envahir la station sans résultat très convaincant vu l'étroitesse des rues.

Centre du pouvoir local et symbole de son évolution, la mairie a fini par changer de mains. Pendant trois décennies, jusqu'en 1959, elle fut tenue par Raymond Lindon, un magistrat parisien appartenant au groupe des estivants. Avec diplomatie, il contenait la pression de ceux qui rêvaient de « faire bouger les choses ». Quelques années plus tard, les autochtones ont élu leur propre maire, témoignant de leur affranchissement par rapport à l'autorité bourgeoise. Dans une vengeance symbolique, il fut alors décidé de transformer en parking une partie de la propriété du vieux Lindon qui finit par quitter Étretat. Mais la station résiste, malgré tout, en opposant maints inconvénients naturels à l'industrie touristique. Outre les galets et les intempéries, sa situation géographique — enclavée entre les falaises — reste peu propice au développement du marché immobilier comme à la circulation. Les autochtones continuent donc à ruminer contre une certaine injustice du sort.

Ils savent toutefois s'adapter et apprennent à puiser dans leur *patrimoine*. Chaque saison, on voit ouvrir de nouvelles brasseries typiques « existant depuis 1865 ». Récemment, l'entrée bétonnée du casino des années cinquante s'est vue habillée d'un décor plastifié en style rustique normand. On se croirait dans un parc à la périphérie de Pékin.

*

Pendant très longtemps, le mouvement des générations sur cette plage ne fut rien d'autre qu'un miroir des fluctuations de la mode. Les godelureaux de 1925, fredonnant les rythmes syncopés de *No, No, Nanette*, étaient sans doute un peu plus délurés que ceux des années 1900 qui préféraient la valse lente. Pourtant, même la jeunesse des années cinquante ressemblait encore à celle qui fréquentait depuis un siècle la station, habitant les mêmes villas et déployant ses cabines sur toute la largeur de la plage. Elle ne manquait pas d'allure avec ses parties de tennis et ses bataillons de périssoires qui tournoyaient en mer. Le délice des estivants consistait alors à filer à marée haute, à pagayer sous la grande arche de la falaise, puis à débarquer dans la crique inaccessible de « Petit Port » pour y passer l'après-midi au soleil et nager dans une eau très claire. À l'abri d'immenses murs rocheux se nouaient les premières amours ; les freluquets s'y sentaient si bien qu'ils avaient inscrit « plage privée » sur un panneau à l'entrée de leur paradis sauvage.

Une fois par an, les Parisiens affrontaient les habitants d'Étretat au cours d'un match de football — mais les vacanciers l'emportaient presque toujours, avec cette arrogance des gamins privilégiés qui ne sont pas méchants mais semblent nés pour le pouvoir et entendent rester les meilleurs en tout. Dès cette époque, toutefois, la chronique relève un certain nombre de *mariages mixtes.* Les premiers unirent quelques descendants de familles parisiennes et ceux de Normands fortunés, commerçants ou capitaines de vaisseaux. Au fil du temps, les unions entre Parisiens et autochtones se sont faites plus banales. Cette tendance paraît conforme au rejet des habitudes de classe, mais aussi, plus secrètement, au cycle économique naturel qui rapproche fortunes déclinantes et classe moyenne en expansion.

Lorsque, à l'âge de vingt ans, j'ai commencé à venir ici chaque été, tout un ordre passé semblait se déliter. Les gosses de riches ramassaient des champignons hallucinogènes sur la falaise ; ils fréquentaient des autochtones du même âge dont la différence s'effaçait dans une même absence d'ambition sociale, sur fond de musique suicidaire *new wave.* Une jolie cousine de mon âge restait des heures sur la plage en plein soleil, vêtue d'un épais manteau noir, à écouter des cassettes de Cure. À côté d'elle, un cousin aux allures de grand éphèbe se jetait dans les vagues vêtu d'un string qui troublait les dames allongées sur les galets. Devant cette jeunesse bizarre, les parents s'efforçaient de conserver un sourire confiant.

Passé vingt-cinq ans, la plupart des rejetons ont enfilé des vêtements plus convenables. Entrés sur le marché du travail, ils ont rencontré l'amour, avant de redescendre l'escalier de la plage chargés de mioches et de landaus. Quelques-uns ne se sont pas remis de ces années-là. Quadragénaires à la dérive, ex-branchés devenus chômeurs chroniques, on voit parfois ces survivants fragiles revenir ici pour noyer leur chagrin de déclassés. Ils dérivent de verre en verre, attachés à cette plage et aux galets de leur enfance. Leurs rêves ont grandi dans des palais avant de s'éteindre dans des soupentes. On les entend ruminer dans la nuit sur le Perrey où ils déambulent en titubant.

La crise de conscience a toutefois fini par s'achever. Nombre de vieilles familles sont restées arrimées à leur capital, dopé par les nouveaux profits de la finance et de l'immobilier. Après 1985, les adolescents n'étaient plus chevelus comme leurs oncles, ni cheveux ras comme leurs frères aînés. Ils se droguaient moins, se suicidaient modérément, découvraient comme un tout la sexualité et le préservatif. Frais, sportifs, heureux du monde où ils vivaient, ils se draguaient gentiment, portaient des maillots de marque et allaient au ski en Tarentaise. Ils organisaient des boums avec sangria et s'intéressaient sans complexe aux affaires. Leurs conversations et leurs pulls marins trahissaient des convictions nouvelles : ils venaient d'un passé, connaissaient les ressorts de l'économie, auraient à leur tour de belles maisons, des femmes et des enfants, et pousseraient comme les autres leur landau devant la plage.

À noter cependant que certains mouvements

sociaux et générationnels n'ont pas trouvé ici de traduction directe — comme si le rendez-vous annuel des familles tendait à étouffer des réalités plus visibles ailleurs. La révolution sexuelle ne s'y est pas manifestée de façon exubérante ; on n'y a guère aperçu d'homosexualité déclarée. La bourgeoisie d'Étretat comporte sans doute, si l'on en croit les statistiques officielles, son pourcentage de déviants ; mais de telles minorités prennent encore, ici, des formes dissimulées, au gré des rumeurs qui circulent : un garçon toujours célibataire par-ci, une fille un peu virile par-là.

4

LA MORT DE MA GRAND-MÈRE

L'autocar presque vide serpentait d'un village à l'autre à travers la campagne du pays de Caux. Entre un champ de lin et un champ de maïs, il freinait au bord de la route pour laisser grimper un paysan chargé de paniers, tout droit sorti des *Cloches de Corneville.* Le mois d'août s'étirait. Ce jour-là, exceptionnellement, j'avais renoncé au bain de treize heures et pris la route du Havre pour rendre visite à ma grand-mère.

Malgré le grésillement d'Europe 1 qui débitait ses publicités, maints détails du parcours me plongeaient dans le passé : sur la place de Gonneville-la-Mallet, le véhicule stationnait devant l'auberge des Vieux-Plats où Wagner et Hugo avaient séjourné (chaque mercredi, après le marché, les paysans s'y retrouvaient pour des parties de dominos). Un peu plus loin, à Saint-Jouin, on ralentissait devant la façade intacte de la Belle Ernestine, hôtel fréquenté par Maupassant, Proust et Reynaldo Hahn. Enfin, nous descendions le vallon de Sainte-Adresse pour déboucher sur l'immense plage du Havre, balayée par les vagues, où Boudin, Monet, Braque, Dufy avaient appris la lumière (mon vieil ami d'Étretat, ce peintre qui avait beaucoup voyagé, affirmait solennellement que cette baie était la plus belle au monde — avec celle de Rio, précisait-il).

Ce panorama chéri des impressionnistes paraissait plus lumineux encore dans l'appartement où vieillissait ma grand-mère, au dixième étage d'un immeuble surplombant l'entrée du port. Derrière les baies vitrées, le ciel et la mer se répondaient dans une perspective immense où s'effilait, au loin, la côte du Calvados. Les nuages et les vagues jouaient à cache-cache en nuances grises, puis s'illuminaient brusquement en bleu ou vert, sous un coup de soleil entre les nuages. Cette tapisserie mouvante servait de fond à l'incessant ballet des navires, parmi lesquels on apprenait vite à distinguer les pétroliers (horizontaux, allongés comme des gélules), les porte-conteneurs (verticaux, sur lesquels la marchandise s'empilait en pyramides) et les derniers cargos chargés de bananes et de rhum. Le rouge des coques ajoutait un trait de peinture fauve à cette toile animée qu'on pouvait contempler sans guère se lasser.

L'autre côté de l'appartement dominait Le Havre et ses boulevards de béton tirés au cordeau. Non loin de là se dressait la tour géométrique de Saint-Joseph, dessinée par Auguste Perret dans le style des gratte-ciel. Ma grand-mère avait installé sa chambre du côté de la ville, mieux abrité des tempêtes, pour garder un œil sur cette cité où elle avait longtemps — comme fille du Président, puis femme du député — représenté le haut du panier. Après avoir renoncé à voyager, puis à sortir de chez elle, elle passait dans cette pièce l'essentiel de sa vie, allongée au fond de son lit. Mais la personnalité raisonnable que j'avais connue, enfant, faisait place au règne de l'incohérence depuis que son mari, un matin de juillet 1975, s'était effondré, terrassé par une crise cardiaque.

La disparition d'Albert Charles, sans déclin ni agonie, avait marqué le début du calvaire de son épouse. Peu après l'enterrement, elle avait éprouvé de mystérieuses difficultés de locomotion. Elle avait à peine soixante-dix ans et les médecins, après de longues hésitations, finirent par diagnostiquer un type rare de myopathie à évolution lente, mais irréversible. Peu portée à se plaindre, elle décida de quitter sa maison aux escaliers trop nombreux, pour cet appartement devant la mer où allait commencer un long naufrage personnel dans lequel le mal physique se distinguerait de moins en moins de l'effondrement moral.

Jusqu'alors, cette bourgeoise impeccable était apparue comme une femme solide. Mais son veuvage et sa maladie avaient bouleversé l'édifice, laissant deviner une personnalité minée par l'angoisse. Depuis plusieurs années, la très digne fille cadette du président Coty faisait progressivement place à l'enquiquineuse alitée dont chacun supportait les obsessions de plus en plus pénibles. Et ce glissement s'avérait d'autant plus douloureux qu'elle n'avait rien perdu de son caractère, ni d'une certaine tendance à régenter la vie de famille. Telle une vieille reine allongée, elle refusait de céder le pouvoir pour ne pas abdiquer sa dignité ; et ses idées fixes s'aggravaient, nourries par l'ennui, l'inaction, la volonté de continuer ce qui avait paru inébranlable.

La mémoire de son père chéri revenait à tout propos. L'après-midi, aidée d'une secrétaire, elle reprenait le classement des archives présidentielles, dérangeant chaque jour ce qu'elle avait rangé la veille. Les dossiers s'empilaient autour du lit : Coty et le pape, Coty et de Gaulle, Coty et la constitution, Coty et le peuple ; mais cette dévotion accablait son entourage comme un retour de l'encombrant aïeul dont les petites filles avaient eu tant de mal à se débarrasser. Quand elles venaient voir leur mère, la rencontre débutait dans le calme ; puis, sourdement, les reproches commençaient à fuser : la famille ne vénérait pas suffisamment la mémoire de « papa » ; les enfants s'en désintéressaient totalement. Pourtant, des étudiants préparaient des thèses ; un groupe de sénateurs viendrait prochainement en visite au Havre ; ma grand-mère avait également reçu la lettre touchante d'une ancienne secrétaire de l'Élysée, rappelant les immenses qualités du président Coty (à ces mots, elle saisissait l'enveloppe quelque part sur son lit, chaussait ses lunettes et lisait quelques phrases avec un sanglot dans la voix).

Telle était la première série de reproches, prolongée dans une permanente leçon de morale, sous le signe de son père. Assez tolérante sur la vie de chacun, ma grand-mère pensait néanmoins qu'il importait de donner une *image* irréprochable, digne du vertueux président de la République. Ma mère bénéficiait d'un traitement privilégié, elle qui avait toujours voulu vivre simplement et qui n'hésitait plus même à affirmer ses idées de gauche. Malgré le peu d'intérêt qu'elle manifestait pour le côté Coty, elle faisait figure d'exemple ; mais ses deux sœurs étaient jugées plus superficielles, pas suffisamment exigeantes dans leur style de vie, ni dans l'éducation de leurs enfants. L'une fréquentait trop de promoteurs ; l'autre ne réfléchissait pas assez. Ma grand-mère pouvait alors se montrer odieuse dans des discussions pénibles, s'achevant par des larmes, claquements de portes et réconciliations — autant de crises tempérées par la perspective de l'héritage.

Une même relation cruelle s'était instaurée avec ses petits-enfants qui se succédaient autour du lit. Elle nous accueillait gentiment avant de signifier, par une moue désolée, que certaines choses l'ennuyaient : nous ne faisions pas suffisamment d'efforts pour aider nos parents ; nous nous attachions trop à des plaisirs futiles ; et, pour finir, nous étions bien peu fidèles à l'exemple de « papa », son père. La tirade s'achevait dans un regard sombre et un plissement réprobateur de la bouche. Déjà, dans mon enfance, ma grand-mère m'avait donné quelques sévères leçons de maintien, affirmant que je n'aurais « pas été reçu à l'Élysée » avec mes manières de

« cochon » (elle joignait le geste à la parole, descendait le menton vers son assiette, aspirait bruyamment la cuiller de potage, et m'imitait dans une affreuse grimace). Il lui arrivait aussi, le dimanche, de nous prier bruyamment d'aider Jeannette à débarrasser la table ; mais l'insistance avec laquelle elle manifestait son sens « social » avait quelque chose d'artificiel qui provoquait l'énervement général.

Au cours de mes visites, il lui arrivait également de se lancer dans un panégyrique de mes grands-parents paternels. Avec un rien de supériorité, la fille du Président louait cette « petite bourgeoisie courageuse » — notion plutôt déprimante à mes yeux. J'aurais certes gagné à m'intéresser à cette branche de ma famille qui m'aurait fait découvrir l'histoire du Havre, quand mon grand-père travaillait dans les maisons de négoce et que le monde entier défilait aux débarcadères du quai Johannes-Couvert... Tout cela ne me passionnait guère, alors. En revanche, depuis l'adolescence, j'étais le seul à manifester clairement mon intérêt pour les souvenirs et archives de « papa ».

Ni le rejet de ma mère ni la passion de ma grand-mère n'avaient entamé ma curiosité pour ce sujet. Assez tôt, j'avais commencé à participer au classement des trésors — coupures de presse, dossiers, archives confidentielles, lettres de chefs d'État — accumulés dans des commodes. Ma grand-mère m'avait ensuite proposé de dactylographier quelques extraits du journal intime de René Coty. Pour ces travaux, elle me versait une rémunération bienvenue. Devenu son archiviste attitré, je découvrais toutefois que cette femme, sous son apparence de gardienne du temple, n'hésitait plus à confondre la mémoire du Président avec l'idée qu'elle s'en faisait. À ses heures perdues, elle revisitait les carnets de son père à l'aide de correcteur et d'une paire de ciseaux, supprimant les passages qui ne lui plaisaient pas, biffant certains mots dans l'intention louable de ne blesser personne ; bref, cherchant à façonner du saint homme une image lisse et irréprochable.

Sa maladie progressait. Quand je venais la voir, je déjeunais désormais à une table près du lit. Jeannette, sa fidèle employée, me servait le menu choisi par téléphone (comme sa sœur, Madeleine attachait beaucoup d'importance à l'organisation des repas). Tout en dégustant les œufs mimosa, nous accomplissions un tour d'horizon de l'actualité politique et familiale ; puis, après le café, nous en venions aux dossiers élyséens. Malheureusement, loin de se réjouir de ma curiosité, ma grand-mère aurait voulu que je partage sa dévotion béate pour « papa ». Nos séances de travail avaient quelque chose de décourageant car, au lieu d'accomplir un archivage efficace, elle y recherchait surtout, désormais, l'occasion de plonger dans ses lubies. Retrouvant une lettre de la reine de Hollande, elle attrapait d'une main ses lunettes puis reprenait sa lecture à voix haute, timbre vibrant, plein d'émotion, en me priant de ne pas perdre un seul mot. Par tous ces moyens, elle entendait démontrer que son père comptait bien plus qu'on ne le disait dans l'histoire de France, et que de Gaulle s'était comporté indélicatement... Elle aurait pu beaucoup m'apprendre ; mais ses propos relevaient trop exclusivement de l'adoration filiale.

Depuis mon installation à Paris, je continuais à lui rendre visite le week-end. Parfois, elle m'envoyait en mission commandée chez d'anciens membres du cabinet de René Coty. Découvrant les mariages entre l'aristocratie et la haute administration républicaine, j'allais déjeuner à deux pas de la tour Eiffel, chez l'ancien secrétaire général de l'Élysée, Charles Merveilleux du Vignaux dont le nom m'enchantait. Malgré l'intérêt que je portais à ces activités, ma grand-mère finissait toutefois par me reprocher, comme aux autres, de ne pas en faire suffisamment. Son classement s'éloignait de toute visée historique pour répondre à une obsession maladive, l'autorisant à me poursuivre, à me téléphoner à n'importe quelle heure pour me reprocher ma désinvolture, puis à me rappeler pour s'excuser et me féliciter de mon travail.

Tout se dégradait sous l'effet de la maladie, des traitements nombreux et fatigants, de la cortisone qui gonflait son visage et l'excitait davantage. Le jour de Noël, elle quittait exceptionnellement son lit pour une chaise roulante qui lui permettait de gagner la table où l'attendaient ses descendants. Après le dessert, elle se retournait un instant, puis réapparaissait affublée d'une barbe blanche synthétique et d'une perruque de Père Noël derrière laquelle on reconnaissait ses yeux globuleux. Après avoir remis les cadeaux aux plus jeunes, elle procédait à la distribution des chèques généreux qui constituaient notre principal revenu de l'année. Même ses filles — bien qu'épouses et mères — attendaient leur enveloppe comme des gamines et cela me paraissait indécent ; mais il arrivait aussi que la cérémonie se termine, plus gravement, par un discours mélancolique sur « papa » et l'intérêt trop faible que nous manifestions pour sa mémoire... Sa fille le regrettait, avec un sanglot dans la voix. Nul n'osait rien dire après la distribution, chacun se contentant d'un sourire blasé et alcoolisé. Cette façon de s'accrocher tout en décrochant avait quelque chose de poignant.

*

À la mort de René Coty, ma grand-mère s'était approprié la plupart des archives personnelles du Président. Elle ne le disait pas clairement mais, à ses yeux, sa sœur aînée, Élisabeth, était une enfant agitée, incapable d'accomplir ce travail de mémoire. D'année en année, le partage des documents entre les deux sœurs s'était donc vu plusieurs fois reporté sous divers prétextes. Le conflit avait longtemps couvé, mais il s'aggravait avec l'âge et constituait un perpétuel sujet de fâcherie. Durant les vacances à Étretat, tante Élisabeth débarquait régulièrement au Havre pour aller voir sa cadette et tenter de récupérer une partie des journaux intimes. La perspective de ces visites plongeait l'aînée dans une terrible nervosité dont la première victime était son mari, l'oncle Jean, qui redoutait ces excursions.

Lorsqu'ils arrivaient chez Madeleine, tout commençait cordialement, selon le meilleur usage des familles. L'une et l'autre sœur rivalisaient d'attentions, comme si elles s'étaient juré d'éviter le conflit. Mais, au fil du déjeuner, la conversation tournait à l'aigre — principalement par la faute de la cadette, convaincue que les archives devaient rester chez elle. Les relations de confiance nouées avec son père et le désordre de sa sœur aînée exigeaient qu'elle assume seule cette tâche. Dans une minuscule concession, elle avait préparé un paquet de coupures de presse de second choix, qu'elle voulait bien abandonner à Élisabeth, mais pas davantage. De fait, l'aînée ne portait pas à ces documents l'intérêt passionnel de ma grand-mère ; elle exigeait néanmoins sa part et, comme elle insistait, Madeleine reprenait son air désolé, sermonnait sa sœur et soulignait à demi-mot qu'elle manquait d'organisation. Inquiète devant la nervosité d'Élisabeth (comme l'était déjà son père), elle l'appelait « mon petit » et lui faisait la leçon. Élisabeth fulminait et lui répondait « mon petit ». Madeleine n'en démordait pas : les archives resteraient ici. Assise dans son lit, elle regardait sa sœur de ses yeux réprobateurs, sans céder un pouce de terrain. Un peu à l'écart, Jean soupirait dans son fauteuil.

Tout était calculé dans cet affrontement théâtral. Avant la visite, ma grand-mère avait pris soin de planquer les fameux journaux (devenus d'ailleurs presque illisibles, tant elle les avait annotés, raturés, amputés de tous les passages qui auraient pu ternir la mémoire du héros). Elle avait également disposé bien en vue plusieurs dossiers sans importance. Dans un ultime accès de colère, tante Élisabeth haussait la voix et s'exclamait : « Mon petit, ça ne se passera pas comme ça ! » Furieuse, elle sortait de la chambre, s'emparait d'une pile de documents sur la commode et ordonnait à son mari de la suivre, ou le tirait par le bras comme un enfant. Sur le parking, elle déversait encore sa bile sur ce pauvre Jean (« je ne suis pas du tout contente ») avant de lui réclamer les clés de voiture ; puis, tout en pestant contre sa sœur, elle reprenait le volant, munie des documents dérisoires que ma grand-mère avait posés au bon endroit.

L'oncle Jean mourut le premier, bientôt rejoint au paradis par sa fantasque et autoritaire épouse. Après un séjour à Étretat, celle-ci fut blessée dans un grave accident ferroviaire, au passage à niveau de Saint-Pierre-du-Vauvray. Choquée et affaiblie, elle succomba quelques mois plus tard à un cancer. Je me rappelle l'avoir vue à La Ramée, pour la dernière fois, sur ce perron où, enfant, je l'admirais, auguste et souriante. Il ne restait rien de cette allure théâtrale, ni de cette voix passant continuellement du grave à l'aigu ; rien de son assurance de chef de famille, demandant dix fois par jour si l'on préférait du gigot ou du rôti. Tante Élisabeth, ce jour-là, avait seulement l'apparence d'une femme exténuée, ridée, pâle, amaigrie, soutenue par ses filles et tentant, sans conviction, de pousser quelques ultimes roucoulements dans un sursaut de vie qui allait l'abandonner.

La mort de Madeleine fut plus terrible. Sa maladie continuait à progresser. Sous son maquillage, elle ressemblait de plus en plus à un vieux clown fatigué. Ses cheveux se raréfiaient mais elle refusait d'apparaître comme malade et tentait de garder le contrôle de la situation par le téléphone. Son appareil ne la quittait jamais ; allongée sur son lit, elle y tapait frénétiquement, du matin au soir, les numéros de ses proches. À tous elle parlait continuellement de « papa » et s'abandonnait de plus en plus au sentimentalisme devant ses enfants trop désinvoltes. Elle ne se détendait guère qu'à l'heure du thé ou du bridge, lorsqu'elle retrouvait ses bonnes amies.

Les derniers mois, son obsession prit un tour inquiétant. Enfoncée dans son lit comme un gros ours pataud, ma grand-mère vit un jour son père lui apparaître directement sur les draps. La silhouette de René Coty s'y était-elle imprimée, comme celle du Christ sur le saint suaire de Turin ? Peu après cette crise, elle sembla prendre conscience que de nouvelles barrières étaient en train de tomber. Quelques semaines plus tard, elle annonça à ses enfants qu'elle avait pris la décision de mourir et qu'elle renoncerait à toute alimentation jusqu'à son trépas.

Aucun discours, aucune pression ne put la faire dévier de ce but. Pendant son agonie de plusieurs semaines, ses filles et son fils se relayèrent auprès d'elle, assistés par des médecins qui acceptèrent d'apaiser la souffrance au moyen de calmants. Maigrissant de jour en jour, épuisée et bientôt décharnée, elle échangeait encore quelques mots du bout des lèvres, mais sa résolution ne fléchissait pas. C'était pendant l'été 1987. Derrière les baies vitrées du salon, la Manche avait retrouvé son bleu le plus tendre. Un silence grave régnait dans l'appartement. Après avoir tenté jusqu'au bout d'imposer ses principes et le souvenir de « papa », cette femme entendait mourir comme elle le voulait. L'ancienne championne du protocole et des bonnes manières avait fixé le jour et les circonstances. Ma grand-mère souffrait mais elle tenait bon et lutta jusqu'au bout contre la vie, devant ses enfants dépassés. Présente jour et nuit à son chevet, attentive comme fille et comme infirmière, ma mère demeurait la plus proche, malgré des sentiments ambigus. Sa propre mère avait toujours représenté ce « côté Coty » qu'elle ne prisait guère. Elle s'en rapprochait pourtant par ses principes, sa morale et sa pudeur ; et elle découvrait comment cette apparente solidité, forgée par la volonté et l'éducation, masquait une personnalité fragile, anxieuse, capable de s'effondrer.

Ce dénouement allait mettre fin à une maladie trop longue et à des relations détériorées par la vieillesse. Chacun, cependant, restait muet et vaguement coupable, cloué par le respect devant cette volonté inébranlable. C'est ainsi que je la vis une dernière fois, visage creusé, voix réduite à un murmure, les yeux clos d'une femme déjà morte. Elle aurait pu me faire des reproches. Dans mon premier roman, paru deux ans plus tôt, un personnage lui ressemblait, dépeint avec un réalisme cruel. Elle l'avait annoté sans rien dire. Ce jour-là, pourtant, toute à son idée fixe, elle me prit faiblement la main et — comme pour conclure nos années de travail — elle me demanda une dernière fois de m'occuper de la mémoire de « papa ».

Le soir même, je rentrai en autocar à Étretat où je fis quelques pas dans l'obscurité du Perrey. La mer roulait nonchalamment ses galets. Derrière les vitres du casino, des trentenaires suants s'agitaient en chemises exotiques. Quelques-uns sortaient sur la terrasse pour profiter de cette nuit chaude, pas si fréquente sur la côte normande ; puis ils retournaient se trémousser au rythme de la *Samba brésilienne* remixée disco. Après avoir traîné au bar des Roches, je me couchai tard, un peu ivre. J'étais encore vaseux, le lendemain matin, quand ma sœur frappa à la porte de l'appartement loué pour l'été et m'annonça que *mamie* était morte, la veille au soir.

Nos réactions sont imprévisibles. Quelques jours plus tôt, dans un train qui filait de Paris vers la Normandie, je m'étais senti submergé par le chagrin. Le soleil se couchait sur un paysage normand de clochers et de prairies. Écoutant dans mon casque une musique lancinante de Steve Reich, je revoyais la grand-mère de mon enfance, tellement maîtresse d'elle-même, à présent en train de mourir. Comment un monde qui paraissait si stable et presque éternel pouvait-il ainsi se décomposer ? Ce soir-là, j'avais senti des larmes couler sur mon visage en songeant à cette femme. Or, bizarrement, ce matin, l'intrusion de ma sœur m'agaçait. Maintenant que tout était fini, je n'éprouvais plus aucune tristesse ; j'étais seulement furieux de voir ma journée fichue et de rater à nouveau le bain de treize heures. J'insistai pour aller nager avant de partir et me saouler d'eau salée. Ma sœur m'attendit patiemment sur la plage. Puis sa voiture roula vers le Tilleul, passa devant le Café Blanc et la pluie recommença à tomber, après quinze jours de soleil, de douleur et d'attente.

*

La mort des deux filles de René Coty clôturait définitivement l'épisode présidentiel. Généreuses, mais pesantes, elles avaient maintenu dans la famille, pendant vingt-cinq ans, l'ancien style dont chacun semblait pressé de se débarrasser. Ces contraintes disparues, l'argent allait consolider le quotidien des cousines. Ce n'était pas la fortune, mais une occasion de poursuivre leur simple idéal, en permettant à chacune de posséder sa maison et quelques biens. Les plus engagées ne manquèrent pas de reverser une part aux victimes du quart-monde. Toutes accueillirent l'aubaine comme cet étrange cadeau qui accompagne la mort des êtres chers pour atténuer le chagrin.

À Paris, au Havre et à Étretat, ce ne furent que trocs, braderies, tirages au sort. Les maris furent priés de ne pas intervenir, laissant les cousines mener leur jeu de femmes responsables. Pourtant — est-ce un effet de la mort des parents ? — jamais, depuis belle lurette, elles n'avaient autant ressemblé à des petites filles, raisonnant par pulsions, mêlant sans grande logique l'appât du gain et le désintéressement. Au moment des partages, elles évitèrent soigneusement de se fâcher pour ne pas reproduire les chamailleries d'Élisabeth et Madeleine. Prenant des résolutions pour tout accomplir dans la bonne humeur, elles firent volontiers n'importe quoi. Au cours de réunions euphoriques, elles échangeaient les restes de l'Élysée comme des gamines échangent des légumes en plastique au jeu de la marchande :

— Je t'échange le bureau Louis-XV contre le Foujita.

— Non, ça me rappelle trop grand-père. J'ai vu des bureaux ravissants chez Ikéa.

Chacune jouait son rôle : certaines disposées à des sacrifices ; d'autres le regard brillant devant leur magot ; mais toutes également prêtes à confondre valeur sentimentale et valeur marchande. Quelques éditions rares disparurent aux mains d'antiquaires. La liquidation des principaux tableaux au cours d'une vente à Paris permit de refaire à neuf quantité de cuisines et de salles de bains. Les plus attachées à leur grand-père gardèrent les médailles et les photos de souverains. Connaissant mon goût pour certains souvenirs, ma mère mit de côté plusieurs objets choisis ; puis elle acheta dans les Vosges l'agréable chalet où j'écris ce livre.

Une cousine préféra s'offrir un mobil-home. Et peut-être avaient-elles raison de ne pas s'attacher à des chimères, mais à cette vie concrète qui, seule, les intéressait.

Dans ces partages, assez logiquement, La Ramée revint à Laurence qui en était, depuis longtemps, l'occupante la plus régulière. Pour payer les droits de succession, elle se sépara du terrain boisé qui jouxtait le jardin ; à ce sacrifice près, la propriété restait dans la famille. Devant l'importance des frais d'entretien, elle proposa alors de me louer quelques pièces pendant le mois d'août. Enchanté de séjourner à nouveau dans cette maison, je sautai sur l'occasion. Pendant plus de dix ans j'allais y passer tous les étés.

5

NOUVELLES NORMES

Jusqu'aux années 1980, dans un temps presque immobile, les propriétaires montaient leurs cabines au début de l'été et les démontaient invariablement fin août. Les coques des périssoires, alignées devant cette rangée de kiosques en bois, formaient le décor du théâtre balnéaire. À l'approche de l'an 2000, pour la première fois depuis un siècle, une certaine fatigue semble avoir saisi les estivants, lassés par l'idée de louer un emplacement, de démonter et de remonter leur cabine ou de payer quelqu'un pour le faire, puis d'entretenir le bois, de le repeindre et de tout recommencer.

Pour justifier cet abandon, ils ont commencé par invoquer une explication conjoncturelle : la baisse épisodique du niveau des galets risquait de faire monter la mer jusqu'au seuil des édifices et de tout dévaster. Ce n'était là qu'un prétexte. Après un été effectivement pauvre en galets qui avait empêché l'installation des cabines, la plage retrouva son niveau habituel aux vacances suivantes ; mais le pli était pris et beaucoup de propriétaires laissèrent au fond du garage la petite maison de bois. De nouvelles justifications les renforcèrent dans leur décision : l'augmentation du prix des concessions délivrées par le casino ; et cette forme de vandalisme qui pousse certains jeunes à venir la nuit briser les serrures pour boire des packs de bière et laisser leurs déjections.

À tort ou à raison, la bourgeoisie résiduelle d'Étretat a, en tout cas, cessé de considérer l'installation des cabines comme une obligation de standing. Dans un abandon collectif, elle s'est mise à juger l'entretien trop lourd. Même s'il s'agissait de sommes modestes, une conception moderne du temps et de l'argent a rendu soudain superflue la persistance du décorum balnéaire. Le mal s'est répandu en quelques saisons, conduisant la quasi-totalité des propriétaires au renoncement. Avec pragmatisme, ils ont d'ailleurs pris l'habitude d'affirmer qu'on se passe fort bien d'une cabine et qu'il est aussi simple de se changer sous un peignoir de bain. Seule une poignée d'obstinés s'acharne à installer chaque été ses pavillons de plaisance.

Le rivage a subi de ce fait une transformation importante : au sommet du monticule de galets, où s'alignaient autrefois les persiennes blanches, on ne voit plus que le mur gris de la digue en béton armé. La plage paraît toute nue. En surplomb, sur le Perrey, la vaste cabine des sauveteurs s'est vue elle-même remplacée par un conteneur en plastique qui confère à la station un charme d'aire commerciale. Matériaux brevetés, gestion rapide. La municipalité aurait pu prendre le dossier en charge et assurer l'installation de ces abris pittoresques ; l'idée ne s'est guère présentée — trop peu conforme à l'air du temps qui se préoccupe davantage de places de stationnement. On peut donc supposer que les cabines disparaîtront définitivement. À moins que la nouvelle classe aisée ne décide de reconstituer l'ancien décor pour son plaisir. Après le temps de la liquidation, les vieux rituels renaîtront comme un folklore, à des tarifs élevés.

En même temps que les cabines, les temps nouveaux ont gommé l'alignement de *périssoires* qui permettaient de se promener dans la baie en pagayant. Il y en avait partout. Sur l'eau, les canots se croisaient, se coursaient, s'immobilisaient au soleil ; sur les galets, les coques retournées se vidaient tranquillement, avant de retrouver leur place devant les cabines. Soigneusement repeintes chaque année, elles avaient des noms, des couleurs. Chaque soir, elles transformaient la plage en confortable salon. Adossés à la coque qui les protégeait du vent, les baigneurs profitaient des derniers rayons de chaleur.

Puis a commencé l'ère du « principe de précaution ». En quelques années, les cyclistes et les skieurs ont pris l'habitude de porter des casques, tandis que les camions se voyaient dotés d'un avertisseur qui se déclenche à la moindre marche arrière. Dans cette course à la sécurité, une décision administrative a brutalement proscrit l'accès de *tous les bateaux* à la zone de baignade — elle-même de plus en plus rigoureusement délimitée par des bouées fluorescentes. Cette loi destinée à la protection des nageurs a grandement compliqué l'utilisation des périssoires. Dans l'impossibilité de traverser la zone protégée pour remonter le canot jusqu'à leurs cabines, les habitués ont fini par renoncer. En quelques années, leurs esquifs ont presque totalement disparu ; la plage a perdu sa dernière touche Belle Époque.

On comprend qu'une loi restreigne la circulation des planches à voile prêtes à fendre le baigneur, ou celle des épouvantables motos aquatiques promptes à le dévorer. Mais on ne connaît pas, de mémoire d'homme, un accident sérieux produit par le heurt d'un baigneur contre la douce périssoire (qui, comme son nom l'indique, n'est périlleuse que pour son passager). La réglementation est aveugle. Dans ce monde en mutation où l'adoption régulière de « nouvelles normes » doit étendre partout leurs bienfaits, les sauveteurs armés de sifflets, paire de jumelles autour du cou, ont transformé le rivage en espace policé. Ils permettent à la commune de se protéger, depuis que des bataillons d'avocats — calqués sur le modèle juridique américain — veillent par avance sur toute victime potentielle prête à réclamer à l'administration dommages et intérêts. Dans une époque où les fumeurs malades peuvent porter plainte contre les fabricants de cigarettes, les dangers du bain doivent être également prévus et couverts.

*

L'essor des banlieues du Havre contribue heureusement à renouveler la vie immédiate sur la plage d'Étretat. Issue de Français, d'Africains, de Maghrébins, de Chinois, une nouvelle population débarque certains jours d'été et s'installe avec ses moniteurs dans les zones réservées aux rituels défraîchis de la bourgeoisie locale. Cette plage ne représente pour eux que le présent et l'avenir. Ils mangent, ils jouent, ils nagent, ils parlent, ils rient et leur arrivée — sur une étendue longtemps réservée aux familles distinguées — ouvre des perspectives nouvelles dans la lumière de Monet. Certaines dames chics ne s'y trompent guère, qui remontent la plage comme de vieilles poules et regardent, l'air incommodé, ces populations établies sur ce qu'elles croyaient être leur territoire.

L'une d'entre elles éprouve quelque difficulté à rejoindre ses amies, tout près de l'emplacement de sa cabine disparue. Il lui faut franchir des rangs de beurettes du quartier Mont-Gaillard, une marmaille d'enfants sénégalais de la ZUP de la Mare-Rouge qui ne semblent pas se rendre compte de l'endroit où ils sont. La Parisienne les observe d'un œil réprobateur comme pour signifier : « Vous marchez sur mon terrain, devant ma cabine. » Un peu effrayée, elle n'ose pas le dire ; car la cabine n'existe plus depuis longtemps. Les nouveaux venus ne comprendraient pas. D'ailleurs, ils s'en fichent. Ils apprécient la bonne eau claire de la Manche et découvrent les usages multiples qu'on peut faire d'une plage de galets sous les falaises. Pendant ce temps, les néo-paysans regagnent le parking Charles-de-Gaulle ; ils remontent dans leur 4 × 4 et rejoignent leur cuisine modulaire ; les touristes ramassent leurs canards en plastique pour rentrer au camping ou à l'hôtel. Le soleil décline et la plage d'Étretat, bordée de falaises, retrouve sa beauté du soir pour ceux qui n'ont rien d'autre que le monde, dans sa totalité encore vierge.

V

L'éclipse

1

DERNIÈRE VALSE

Une insinuante odeur de pétards s'échappait de la cabine de projection. Par la porte entrouverte, la fumée glissait dans le couloir, puis se propageait dans l'escalier jusqu'aux locaux administratifs. Assis dans le bureau où il faisait ses comptes, en tapotant sur une calculette, le directeur avait reconnu cette odeur, mais il préférait l'ignorer, appliquant le principe de gestion dont il ne s'était jamais départi : *laisser faire.*

À quoi bon lutter, si près de la retraite ? Dans quelques mois, ce petit homme triste quitterait la tête d'un établissement de jeu devenu, sous sa férule, le plus ronronnant de la côte française. Toujours vêtu de noir, on l'aurait mieux imaginé entrepreneur de pompes funèbres ; ce qui ne l'avait pas empêché d'imprimer au casino d'Étretat un style à son image : le service n'engageait guère la clientèle à revenir ; à la table du restaurant, les crustacés douteux donnaient le mal de mer. Ouvert seulement le samedi soir, le dancing accueillait une armée de célibataires déchaînés jusqu'au matin sur les tubes de La Compagnie créole. Dans la salle de jeu, le temps semblait suspendu, comme au château de la Belle au bois dormant. Certains soirs, le croupier, assoupi devant sa table, guettait l'apparition d'un client qui ne viendrait pas. L'autre table restait généralement fermée. La boule était trop chère pour les pauvres mais ses gains minables n'intéressaient pas les riches. Le croupier travaillait donc à temps partiel : en semaine, il exerçait la profession de travailleur agricole et, lorsque le week-end il tirait quelques jetons sur le tapis, on avait l'impression que son râteau et ses mains calleuses faisaient la récolte des pommes de terre. Le reste du temps, il semblait sur le point de s'effondrer en ronflant.

Le prince charmant s'approchait pourtant, sous l'aspect d'une armée de machines à sous. Après des années frileuses, les responsables politiques s'apprêtaient à *libérer* les jeux d'argent pour apporter de nouvelles recettes aux communes. Partout en France, les patrons de casinos attendaient l'arrivée des automates. Dans l'Europe nouvelle, tout ce qui évoquait la circulation des flux financiers et l'augmentation des profits avait bonne presse. Destinée à soutenir les *entreprises* de jeu, la nouvelle loi permettrait d'attirer démocratiquement vers les établissements spécialisés une clientèle plus nombreuse et plus pauvre. Fini, le carcan moral de l'État gaulliste. Finis, les plaisirs réservés aux millionnaires. Désormais, la mairie d'Étretat pourrait prélever 15% des recettes laissées par les touristes, ouvriers, retraités, smicards — au nom de l'égalité dans le divertissement.

Le casino se préparait à cette mutation et son directeur n'était plus l'homme de la situation. Il venait de céder sa concession à un bon professionnel formé à l'école des casinos de la Méditerranée. Sous l'impulsion de ce dernier, l'établissement s'apprêtait à subir un coup de jeune, dont le moment solennel consisterait dans la destruction de la salle de cinéma, remplacée par un moderne palais des glaces. Des alignements de robots accueilleraient bientôt le tintement de monnaie, les éjaculations de pièces de cinq francs, les extases solitaires devant les rouleaux chiffrés et les cartes à jouer du poker électronique. Dans cet espace démultiplié par les jeux de miroirs, une décoration clinquante saurait éveiller chez la clientèle normande un sentiment de rêve, faisant écho à la fréquentation quotidienne de *Dallas* ou *Dynasty*.

Occupé par son prochain départ et par l'organisation de sa retraite, le directeur de l'établissement restait donc indifférent à cette vague odeur de hachisch parvenue à ses narines. Penché sur sa liste de recettes et de dépenses, il ne se préoccupait pas davantage des bruits de musique ni des applaudissements qui provenaient de la salle à cette heure tardive — puisqu'on était le dernier samedi du mois d'août, jour de la *revue des vieux galets*. Selon la tradition, le casino appartenait, pour un soir, à la bourgeoisie parisienne en vacances, avec ses directeurs de firmes et ses généraux en retraite. Un tel public constituait une forme de protection, quand bien même les jeunes chargés d'assurer la régie fumaient de la drogue. Formé aux temps de la république des notables, le directeur avait conservé ce sens des réalités, respectueux des hiérarchies, quand son successeur serait conduit à raisonner différemment en détruisant la salle de spectacle où se déroulait la revue, puis en supprimant les avantages consentis aux riches estivants pour appâter la clientèle de paysans et de chômeurs.

Dans la salle de projection, devant les consoles d'éclairage, les pétards se consumaient donc sans relâche. Ce local technique donnait par une minuscule ouverture vers l'intérieur du théâtre, si bien que d'autres volutes odorantes retombaient lentement vers le public, jusqu'aux fauteuils en bois où s'entassait le Tout-Étretat. Grands-mères bourgeoises et docteurs sur leur trente et un avaient-ils humé quelque chose de louche ? Leur pudeur préférait ignorer ce parfum venu les chatouiller et les étourdir légèrement. En coulisses, un bataillon d'enfants déguisés en homards, crabes et coquilles Saint-Jacques s'apprêtait à entrer sur scène pour le ballet des « petits galets », chorégraphié par deux mères de famille qui sentaient également quelque chose, mais ignoraient ce que c'était, et d'ailleurs ne voulaient pas le savoir. À l'évidence, cela venait d'en haut ; mais les quatre jeunes perchés à la régie faisaient bien leur travail et voilà tout ce qu'on leur demandait.

Enfin, presque ; puisque, au moment où la ribambelle de gamins s'avança sur scène en fredonnant l'air des *Champignoux* (une comptine de Chantal Goya transposée sur l'estran normand), le sol de la salle se mit à trembler. Les cheveux se dressèrent sur les têtes, tandis qu'éclatait dans les enceintes la rythmique nerveuse de *Hot Thing* — le nouveau tube de Prince. Disposée par erreur dans la pile de disques, puis lancée par un des régisseurs inattentifs, cette musique bien éloignée de la revue familiale sema le trouble chez les enfants qui ne savaient plus sur quel pied danser. Anesthésiés par le cannabis, les quatre comparses mirent quelques secondes à comprendre l'erreur. Enfermés dans leur local, contents d'entendre cette bonne musique funky, ils échangèrent des regards de satisfaction, tout en faisant circuler d'une bouche à l'autre une fiole de whisky. Mais la confusion gagnait la scène où certains bambins commençaient à se déhancher comme des rockers. L'une des mères chorégraphes s'avança sur le plateau, l'air embarrassé. Elle adressa des gestes vers la régie et quelques sourires au public. Une hilarité indulgente se répandit dans l'assemblée qui, décidément, ne voulait voir que les bonnes choses ; puisque tout cela se passait dans le monde souriant d'Étretat.

L'accident n'avait duré que quelques secondes. Aux signes de bras, les apprentis régisseurs finirent par comprendre qu'ils n'avaient pas lancé le bon morceau. Le plus vif se jeta sur la platine pour arrêter le disque et lancer celui de Chantal Goya. Les enfants se rangèrent en coulisses et le numéro put recommencer dans de meilleures conditions, tandis que les quatre garçons se laissaient emporter par un intarissable fou rire. Puis ils reprirent leur respiration, plongèrent dans leurs conducteurs et, malgré leurs réflexes ralentis, gardèrent jusqu'à la fin du spectacle la concentration nécessaire.

Adolescents et jeunes adultes étaient de moins en moins nombreux à monter sur scène. S'ils aimaient Étretat et ses galets, ils regardaient avec détachement les vieux rituels bourgeois — sauf peut-être la consommation des pâtisseries Lecœur et du fameux *Brésilien.* Sollicités pour la revue, ils se contentaient d'apporter leur concours technique, dans un mélange de solidarité et de dérision. Quelque chose, en outre, avait changé sur scène, depuis le temps où Raymond Lindon écrivait ses numéros boulevardiers. Désormais, les numéros d'enfants occupaient toujours davantage de place. Leurs parents aimaient les regarder, les photographier et surtout les filmer. Des insolentes fantaisies d'Offenbach, on était passé au culte de l'innocence, nouveau fil conducteur du spectacle. Les références télévisuelles se multipliaient également dans les numéros, inspirés par les vedettes, les refrains et les publicités de l'année. Mais, comme dans toute revue, l'actualité politique restait la source première. Cette année, le slogan antiraciste « Touche pas à mon pote » avait inspiré le titre « Touche pas à mes portes » — en référence aux arches des falaises. Ainsi se déployait l'énergie de quelques passionnés persuadés que la tradition ne devait pas rendre l'âme.

Ce samedi soir, un frisson passa dans la salle quand Jacques Laurier — quatre-vingt-cinq ans passés — apparut sur le plateau, amaigri, fatigué, mais reconnaissable à ses joues tombantes, à ses épaules relevées et à son sourire ironique. Après avoir salué, il s'appuya sur le piano et entonna d'une voix légèrement éraillée la chanson *Valentine* (« Elle avait de tout petits petons ») — transformée en *Roseline*, une célèbre baigneuse de la plage qu'on voyait chaque jour arpenter les galets, chaussée de méduses et coiffée d'un bonnet de bain qui ressemblait à un bonnet de nuit. Assise dans la salle, la vraie Roseline rosit d'entendre cette évocation et le vieux notaire quitta la scène sous un tonnerre d'applaudissements. Dans la cabine de projection, le calme était revenu. Les pétards tournaient mais, à présent, une attention béate régnait chez les jeunes gens. Leur pilote automatique avait pris le relais pour ouvrir le micro, lancer la lumière et assurer la survie de la revue des vieux Galets.

*

On fumait énormément à Étretat dans ces années-là. Dissimulés entre les buissons, d'innombrables plans de cannabis poussaient dans les parcs des maisons qui n'employaient plus de jardiniers. Mais, si la plupart des Parisiens se contentaient d'une consommation « récréative », j'étais surtout impressionné par les capacités d'absorption des autochtones, ces Cauchois de vingt ans, minés par une accumulation de maux historiques et géographiques. L'humidité du climat, le vent qui battait sans fin, le poids du chômage, la survie assistée par les prestations sociales, le fait d'être nés provinciaux et sans fortune dans une station fréquentée par des riches, l'illusion entretenue que les hiérarchies sociales n'existaient plus, puis la désillusion : tout cela favorisait une autodestruction résolue. La déchéance des jeunes bourgeois restait mieux dissimulée par les familles, par les moyens financiers, par la diversité des horizons. Celle des Étretatais, le nez fixé sur leurs falaises, était totale. Pour meubler l'ennui de cette station où tout s'éteignait l'hiver, beaucoup se livraient donc à la consommation frénétique de stupéfiants. Et, parmi ces produits, le cannabis avait détrôné l'alcool, longtemps psychotrope favori des classes populaires du pays de Caux.

Plusieurs de mes cousins s'étaient liés à ces Normands à la dérive, avec lesquels ils traînaient la nuit entière. Toujours dédaigneux de la société des villas, ils préféraient les appartements sombres, les soirées glauques et privilégiaient tout ce qu'ils pouvaient rencontrer de local, de fauché, de paumé. Je les accompagnais parfois dans leurs déambulations nocturnes vers des rez-de-chaussée humides où vivaient leurs camarades étretatais ; mais ces mornes soirées réduisaient à néant toute conversation, pour se polariser exclusivement sur la fumée. Dans une maisonnette, au fond d'un jardin, le fils du charcutier partageait son existence avec d'autres autochtones à la dérive. Ce célibataire chauve au sourire triste, l'air absent derrière ses lunettes rondes, nous accueillait sans un mot, puis nous conduisait vers une pièce vide où une ampoule sans abat-jour éclairait les murs nus. On s'asseyait sur un bout de canapé. Un serveur de restaurant roulait un gros pétard qu'il allumait et qui commençait à tourner, puis aussitôt un second, puis un troisième ; et bientôt circulaient dans cette pièce plus de joints que de personnes, chacun tirant ses taffes épaisses dans un vrai désespoir local. Le fou rire s'élevait parfois puis se propageait sans raison, bête et obstiné comme un rire cannabique. Quand le silence retombait, un grand type prétentieux prenait la parole et se lançait dans une logorrhée destinée à nous expliquer l'art, l'histoire, la politique, la philosophie. Son ton de certitude semblait vouloir nous faire payer le fait que, d'origine modeste, il avait dû renoncer aux études.

Je comprenais mal le goût de mes cousins pour ces réunions. J'avais toujours regardé la drogue comme un plaisir. Ici, il fallait en consommer de façon idiote, se casser la tête le plus vite possible, s'assommer puis sombrer sans rien dire. En fait, j'avais tendance à me considérer comme l'un des rares à savoir utiliser les substances toxiques avec légèreté. J'aurais donc mieux fait de ne pas me laisser entraîner dans ce petit enfer ; mais l'envie de prolonger une morne soirée à Étretat où il ne se passait rien d'autre, et surtout la mesquine perspective de tirer quelques bouffées de hachisch étaient plus fortes. Je finissais par me retrouver coincé dans cette pièce à l'éclairage cru, entre désespoir morne et fou rire idiot.

Le premier joint passé, je n'avais qu'une idée : m'enfuir. Mais un minimum de courtoisie — ou un manque de courage — m'empêchait de m'éclipser sitôt ma bouffée d'euphorie absorbée. Respectant un programme auquel je donnais une allure d'improvisation, j'attendais encore vingt minutes (cinq nouveaux joints passaient) avant d'annoncer mon départ sous un prétexte quelconque, et de filer vers la mer où je pouvais enfin m'asseoir sur les galets, regarder les reflets noirs et luisants des vagues, écouter ce roulement qui s'approchait… C'est là qu'on retrouva, un lendemain de tempête, le corps sans vie du fils du charcutier qui s'y était perdu ou jeté après une soirée trop déprimante.

2

L'ÉCRIVAIN DE LA FAMILLE

Le samedi 29 septembre 1990, une vingtaine de descendants de René Coty se retrouvèrent à l'Élysée. Mon plus jeune frère avait organisé cette visite privée par l'intermédiaire d'un ami qui travaillait au palais. Chez les petites-filles du Président, d'ordinaire si ardentes à rompre avec le passé, cette perspective suscita un brin d'amusement. Les années glorieuses s'éloignaient suffisamment pour prendre un arrière-goût folklorique. Tout le monde avait oublié le nom de Coty — sauf pour le confondre avec celui d'un célèbre parfumeur. L'époque présidentielle ne représentait plus une menace avec ses contraintes et ses privilèges. Rien ne pouvait désormais entraver le triomphe de cette *vie normale* vers laquelle ma famille inclinait depuis trente ans. Les cousines se présentèrent donc détendues au rendez-vous.

Nombre de leurs enfants, en revanche, boudèrent l'occasion. Fidèles à la doctrine de leurs mères, ils semblaient signifier que ce passé dépassé ne les intéressait plus, même sous forme anecdotique. La religion du renoncement s'était si bien transmise d'une génération à l'autre qu'ils avaient repris à leur compte le principal objectif de cette famille : fuir la bourgeoisie, substituer aux ressorts de l'ambition un simple désir de vie ordinaire. Les aînés étaient devenus médecins ou ingénieurs ; les derniers avaient renoncé aux études pour vivre de petits boulots, se satisfaire de modestes professions ou entrer dans le cycle du chômage chronique. La plupart d'entre eux ne manquaient jamais, en outre, d'affirmer qu'ils préféraient leur sort. Rien ne les troublait dans les maigres avantages qu'ils avaient tirés de leur naissance, tant ces privilèges avaient été présentés comme injustes.

Le côté « visite de groupe » conférait d'ailleurs à notre excursion un caractère touristique parfaitement banal. Au moment de passer le poste de garde, de décliner mon identité puis de traverser librement la cour où s'alignaient les voitures officielles, j'avais pu brièvement me donner une illusion de continuité, comme un retour au château après une longue absence. Cela ne dura pas longtemps. Quand notre guide s'avança vers nous sur le perron, il fut clair que le protocole serait réduit au minimum. Nous allions visiter l'Élysée comme d'autres invités le faisaient régulièrement. Désigné pour nous accompagner, le maréchal des logis-chef Gaxatte, en bel uniforme, accomplit sa tâche impeccablement, mais nul homme d'État ne pointa le bout du nez pour nous accueillir. Seul le drapeau tricolore qui flottait au-dessus de l'entrée alimentait un espoir. Mon oncle crut se souvenir :

— Ça veut dire que le Président est là. Quand il quitte l'Élysée, on retire le drapeau. Quand il revient, on le déploie.

Présent dans les murs, François Mitterrand allait-il au moins nous offrir un rafraîchissement ? Un frisson passa dans l'assistance ; mais le maréchal des logis laissa entendre qu'en pleine guerre du Golfe le Président avait d'autres chats à fouetter. Loin de s'offusquer — et plutôt rassurées —, les cousines se confondirent en paroles modestes, excuses pour cet instant de vanité : naturellement, le chef de l'État n'allait pas perdre pour nous un temps précieux. On ne voulait pas déranger ; on ne faisait que passer très discrètement, car un de nos ancêtres avait travaillé à l'Élysée pendant cinq ans. Tout cela était loin, sans importance. On venait seulement jeter un coup d'œil. Surtout qu'on ne s'occupe pas de nous.

François Mitterrand n'avait, de fait, aucune raison de nous honorer. Quelques années auparavant, plongé dans l'histoire de la IVe République, j'avais noté que le futur chef de la gauche, important ministre de l'époque, manquait d'atomes crochus avec René Coty. De fausses rumeurs avaient couru sur leur bonne entente. En fait, le Président n'aimait guère cet ambitieux ; à plusieurs reprises, il avait évité de l'appeler à la présidence du Conseil, lui préférant Pierre Mendès France ou Félix Gaillard. En mai 1958, il avait même attendu le retour au pouvoir du général de Gaulle pour recevoir Mitterrand et lui demander son avis.

La cohorte d'arrière-petits-enfants, artistes intermittents et cadres trentenaires, s'avança donc modestement pour la visite, entraînée par une bande de mères grisonnantes. Avec amusement, les cousines retrouvaient, ici ou là, quelques traces de leur jeunesse et s'exprimaient à nouveau comme des gamines, fidèles à leurs sentiments. D'une pièce à l'autre ressurgissaient les souvenirs parfois moroses : « Grand-père n'était pas drôle. Il prenait des airs solennels... » Elles ne manquaient jamais de le répéter : au temps de l'Élysée, leur condition de jeunes filles exemplaires n'était pas si amusante. Une thèse générale se dégageait : « Nous étions trop coincées. Vraiment, nous nous sentons beaucoup mieux maintenant... » À les croire, en effet, les voici infiniment plus heureuses depuis que tout est fini, qu'elles ont eu la chance de trouver un job payé au SMIC et qu'elles ont largué les grandes maisons pour vivre à leur mesure. Ce cheminement s'est apparenté à une *libération*.

Par instants, certains détails se faisaient plus précis : « Je revois grand-père ici, dans l'allée, avec Nehru... » Pourtant, aujourd'hui comme hier, Nehru et Coty les intéressaient nettement moins que ce chaton endormi, près d'une potiche, sur le perron du jardin : « Regardez comme il est mignon... » Collées à la fenêtre du salon des Ambassadeurs, les petites-filles du Président admiraient un chat de gouttière. Elles trouvaient l'Élysée trop triste, comme maison ; mais leur enthousiasme réapparut pour évoquer les souvenirs d'Olivier, l'un de mes cousins, faisant ses premiers pas ici même, dans la salle des fêtes. Voilà surtout ce qu'elles avaient retenu.

Notre visite s'acheva par une photo de groupe publiée à la une du journal *Le Havre*, sous le titre : « Ils descendent tous de l'Élysée ». Sur ce cliché, nous étions assez vilains, maladroitement serrés les uns contre les autres. On aurait dit un séminaire de VRP, un mariage en province avec Caméscope, sacs en bandoulière et sourires forcés. Pire que les autres, dans un affreux costume noir, je ressemble à l'ahuri du village ; c'est moi qui signais l'article, commandé par le journal à l'écrivain de la famille.

*

Mon premier roman ne m'avait pas apporté la gloire littéraire ; mais j'en avais tiré un surcroît de notoriété sur les galets d'Étretat. Une scène du livre, en particulier, évoquait les mœurs locales, les promenades sur le Perrey et les rendez-vous de la plage. Débarquant sur la côte normande, mon héros singeait les comportements d'un Parisien en vacances, observant avec amusement les paysans cauchois qui, chaque dimanche, viennent regarder la mer. Au mois d'août suivant, je m'apprêtais donc à paraître fièrement sur les galets, comme un fils spirituel d'Alphonse Allais. Les regards sur moi avaient-ils changé ? Je n'imaginais certes pas qu'une ambition littéraire puisse avoir encore tellement d'importance. J'attendais néanmoins des élans de sympathie et quelques bouquets de compliments pour les évacuer avec détachement.

Les réactions furent moins nombreuses que prévu. La couverture d'un grand éditeur et une poignée d'articles parus au cours de l'hiver me valurent bien quelques félicitations — mais aussi, chez les intellectuels, une indifférence plus marquée, signifiant que cet écrivaillon n'était pas près de les intéresser. D'autres bavardages disaient que j'avais du talent, mais que les pages consacrées à Étretat étaient déplorables. En fait, chacun se sentait personnellement visé : les Parisiens me reprochant de les dénigrer ; les autochtones trouvant que je me moquais d'eux sur un ton persifleur de Parisien. Je compris également que, depuis la publication du livre, on commençait à jaser sur la honte que représentaient certaines scènes pour ma famille.

Ce premier roman me valut donc à la fois une vague réputation d'artiste et un surcroît de méfiance, sauf dans le cercle d'amis que je rejoignais à l'heure du bain, ma serviette sur l'épaule. Au milieu des galets, je retrouvais mon cher vieux peintre et son groupe de dames mûres — les seuls apparemment à se réjouir de mon succès et à avoir lu cette histoire comme un roman. Plus rarement, une jeune femme s'approchait de nous, tout émue de me dire que ce livre l'avait charmée.

Je passais désormais chaque mois d'août à La Ramée. Toujours dédaigneuse de la société locale, Laurence préférait quitter Étretat en pleine saison, quand les habitués se retrouvent sur la plage.

Elle attendait ce moment pour partir en vacances avec Arnold. J'arrivais généralement la veille de leur départ, le temps de recevoir les clés et les recommandations. Le lendemain matin, la 404 rouge disparaissait sur la route, et je me retournais vers la villa comme un propriétaire satisfait.

Laurence répétait volontiers qu'elle avait gardé La Ramée pour faire plaisir à Arnold — tellement à son aise dans cette maison, quand il écoutait des tangos mélancoliques sous les photos en noir et blanc de René Coty, traversant Paris illuminé au bras de la reine d'Angleterre. La cousine de ma mère montrait cependant une certaine tendance à utiliser cette propriété comme un jouet de fillette possessive. Elle invitait peu sa famille, si bien que la douzaine de chambres restaient la plupart du temps inoccupées. En ce sens, j'étais le plus favorisé, puisque je versais une somme d'argent à cette propriétaire tourmentée par les frais d'entretien. Mon statut d'occupant légal se compliquait toutefois de calculs inintelligibles. Embêtée à l'idée de me laisser La Ramée entière à un prix modique, Laurence m'interdisait l'accès à certaines pièces dont la liste variait d'une année sur l'autre. Tantôt, elle m'annonçait sèchement que je n'avais le droit d'utiliser ni la salle à manger ni le grand salon, ce qui revenait à me cloîtrer dans ma chambre. L'année suivante, elle époussetait les mêmes pièces pour mon agrément.

Dès son départ, indifférent aux consignes, je

m'empressais d'ouvrir tous les volets aux jointures rouillées, afin de rendre leur éclat aux pièces trop sombres. J'organisais de grands dîners dans la salle à manger devant la cheminée de brique rouge en style gothique — une jolie bizarrerie de décoration. La seule règle que j'observais scrupuleusement était de ne jamais entrer dans la cuisine de Laurence ; car rien ne l'intéressait autant que ce local du quotidien où elle jouait à la marchande avec ses boîtes en fer, ses casseroles, ses collections de pichets. Elle avait une façon si maniaque de tout lustrer avant son départ que la moindre intrusion m'eût été reprochée avec virulence au retour — remettant en cause ma location de l'année suivante. Il lui fallait en outre justifier l'existence de la seconde cuisine, moins agréable, mais ouverte seulement lors de mon séjour annuel — pour rassurer Laurence qu'inquiétait l'inutilité de pièces trop nombreuses.

En me réservant chaque année La Ramée, elle m'aidait cependant à progresser dans ma rêverie. Au cœur de la saison, j'étais devenu le principal occupant de cette maison de famille. Mes amis de passage avaient l'impression de venir chez moi et ce statut fictif d'héritier me rassurait. Pendant un mois, je m'y installais pour écrire avec bonheur, j'écoutais les collections de disques de l'Académie Charles Cros, je feuilletais les numéros de *L'Illustration*. Chaque soir, par les fenêtres, je regardais avec ravissement cette forêt d'opérette constituée par les parcs des villas sous un croissant de lune. Des arbres dissimulaient les clôtures, murets et chemins d'accès pour ne laisser voir que ce vaste jardin féerique où émergeaient quelques folies Belle Époque imitant des chalets suisses et des pagodes chinoises.

Laborieusement bâtie, ma vie estivale rappelait enfin ce style raffiné que j'avais recherché au fil des ans. Depuis la sortie de mon premier roman, des journalistes venaient m'interviewer comme un fin connaisseur de la station. On m'avait vu à la télévision, devant le perron de La Ramée, décrire avec humour les mœurs étretataises. Laurence avait mal supporté de me voir ainsi pérorer devant *son perron* ; elle n'osa me le reprocher vraiment ; mais je sentis bien qu'elle aurait préféré m'entendre préciser que j'étais *en location*. Tout le monde s'en fichait. Plus qu'un simple locataire, je tenais désormais un rôle officiel. Du jardin à la plage, puis d'un dîner à l'autre, j'avais trouvé ma place dans ce microcosme sans grand intérêt qui, depuis dix ans, polarisait mon énergie.

Ma réputation n'était pas toujours impeccable. Quelques estivants me regardaient encore comme cet espion venu glaner sur la plage quelques détails pour les tourner en ridicule ; sans parler des jeunes gens qui me visitaient parfois au fil de l'été. Des rumeurs désobligeantes couraient. Une vieille dame pieuse, toujours aimable quand elle me croisait, répétait à ses amies que je préparais un abominable *Manuel du suicide à Étretat.* Les ragots servaient ma cause. Il y avait dans ce côté sulfureux quelque chose d'artistique. Tout cela renforçait mon royaume imaginaire, comme un prolongement des observations de Maupassant : « Étretat est le pays des cancans et, partant, la patrie des commères. De cinq à sept heures, on les voit errer en quête de médisances qu'elles transportent de groupe en groupe. »

L'époque changeait pourtant. Après la mort de Jacques Laurier, Le Camondet était passé entre les mains d'un médecin de la région. Les petits-enfants du notaire chantant avaient racheté une chaumière où ils donnaient de sympathiques soirées ; mais ils ne fréquentaient guère la plage où se multipliaient les yuppies d'un genre nouveau. Paire de lunettes sur le front, ceux-ci se levaient tôt le matin. Ils appelaient leur fille Marie-Louise, leur garçon Charles, et les déguisaient en nourrissons de 1960, rose pour les filles, bleu pour les garçons. Spécialistes de la fusion-acquisition, ils semblaient prêts à investir pour raviver les usages : achat d'une villa, inscription au golf, participation au rallye-promenade et à la revue. Objectivement, je les approuvais. D'un autre point de vue, ils me rappelaient les gagnants des nouveaux jeux télévisés qui fêtent leur victoire dans de faux palais de marbre, en buvant du champagne dans des robes lamées, au bord de fontaines qui ressemblent à des Jacuzzi. Les bourgeois du passé s'étaient inventé un monde ; ceux-là voulaient faire briller leur fortune en singeant le rêve d'une bourgeoisie disparue. Leur ambition suintait la nostalgie. Comme la mienne.

3

BOURGEOISEMENT

Me voilà inquiet de tout ce qui précède. Serais-je ce naïf passant chaque été à la recherche d'un mirage ? Ce pauvre type cultivant l'idée du déclin pour se persuader qu'il possède un passé ? Faut-il me rattacher, un demi-siècle après, à une heure de gloire que je n'ai pas connue, qui n'avait rien de sublime mais qui occupait, dans la presse des années cinquante, la rubrique dérisoire qu'on n'appelait pas encore *people* ? Pourquoi citer si souvent un arrière-grand-père célèbre par son rang plus que par son œuvre, comme si je me croyais plus important dans cette ombre protocolaire ?

Peut-être nos mères avaient-elles raison. Peut-être cette irruption de leur aïeul dans de pompeuses fonctions politiques ne représentait-elle qu'un accident venu jeter sa lumière artificielle sur un milieu qui n'avait ni la prétention ni les moyens de faire exception. Peut-être suis-je le seul à y avoir cru, vingt ans après. Elles préféraient s'en échapper le plus vite possible, oublier ce théâtre et se fondre dans la masse pour ressembler enfin à ce qu'elles étaient réellement : des moyennes bourgeoises poussées accidentellement sur le devant de la scène, sans le désir ni la capacité d'y rester longtemps. N'est-ce pas ainsi, précisément, que l'opinion publique avait perçu René Coty et sa femme ? Un couple « simple » et « sans prétention » ? En tournant le dos à cet épisode, les cousines accomplissaient le même idéal.

Mais pourquoi, d'ailleurs, employer ce pluriel pour désigner « nos » mères, si différentes l'une de l'autre ? Pourquoi s'attacher à la description d'une famille plutôt qu'aux individus qui la composent ? Pourquoi revenir continuellement à un schéma dans lequel ne se reconnaîtraient pas la plupart des « cousines » ? Sans parler de leurs propres enfants, qui n'ont pas tous vécu la même histoire. Ne suis-je pas l'un des seuls à m'enivrer de ce thème un brin romantique : *l'ascension et la chute* — quand les autres ont eu le sentiment de suivre des destins personnels, des cheminements psychologiques, des parcours professionnels ? La fresque que j'ai voulu peindre est en rapport avec la seule réalité de mes obsessions, comme si j'étais la seule vraie *midinette*, proche de celles qui rêvaient, en 1954, devant les photos des « demoiselles de l'Élysée ». Encore heureux pour moi que les petites-filles Coty, observatrices sceptiques de ce théâtre social, m'aient transmis leur sens de la dérision pour me permettre de voir mes propres ridicules.

Un ami féru de psychanalyse m'expliqua un jour que je reproduisais un système parfaitement banal : rejet du monde des parents et idéalisation de celui des aïeux. J'aurais ainsi, mécaniquement, écarté tout ce qu'adorait ma mère : cette aspiration à une vie normale, concrète, ordinaire ; cette façon de nous dire qu'on avait toujours trop, qu'on n'en faisait jamais assez pour les autres, etc. Le côté de mon père, rejeton de famille nombreuse, assez fauchée et très catholique, ne me paraissait guère plus exaltant. J'aurais donc privilégié une autre ascendance ; celle de mes grands-parents chez lesquels subsistait le mirage de l'Élysée : les faisans de Foujita et la palette de Renoir. Dès l'adolescence, tout en devenant un gentil chrétien-gauchiste, je cultivais cette attirance secrète. Le hasard ne m'avait-il pas fait naître un 20 mars, le même jour que mon arrière-grand-père ? La coïncidence me plaisait. Je ne voulais pas du destin ordinaire de bon travailleur, bon géniteur et bon chrétien qu'on me réservait. Je préférais cet aïeul sans génie qui, du moins, avait dépassé l'itinéraire tracé du notable provincial.

Deux générations plus tard, son héritage avait fondu jusqu'à presque rien ; les métiers, les positions sociales étaient naturellement retournés vers la moyenne ; les relations mondaines s'étaient dissoutes. Nous étions vraiment des gens normaux et sans prétention. La seule bizarrerie de certaines cousines — à commencer par ma mère — était de vouloir se persuader que nous restions des *privilégiés*, comme s'il s'agissait du péché originel. Rien, à leurs yeux, ne paraissait plus vulgaire que les mœurs des riches. Lorsque nous étions invités dans de belles maisons, elles affichaient parfois la timidité gourde de pauvres gens reçus dans des « châteaux ». Avec une mauvaise volonté appuyée, elles ignoraient nombre d'usages qu'on avait tenté de leur inculquer ; elles parlaient des « nobles » comme des roturières et disaient ostensiblement les « de » Polignac, pour souligner leur ignorance des codes mondains et affirmer plutôt leur sens républicain.

Aucune mécanique n'est parfaite, et ce mouvement général semble avoir produit chez moi l'effet contraire. D'un côté, fidèle à l'enseignement maternel, je partageais cette aspiration antibourgeoise, évangélique, égalitariste ; mais, simultanément, j'éprouvais une furieuse envie de goûter à tous les plaisirs de l'existence. Dès le début de mes études, je me suis efforcé de vivre comme le rentier que je n'étais pas. Sans en avoir les moyens (j'étais un étudiant fauché), j'ai commencé à prendre des taxis, à voyager en première classe, à dépenser mon argent pour le superflu plutôt que pour le nécessaire. Je voulais connaître le vrai confort, fréquenter les beaux décors, accéder à tous les milieux sans restriction morale. D'un côté, je galérais, je pianotais, j'écrivais, je noctambulisais et j'aimais cette vie périlleuse. De l'autre, j'aimais me faire inviter chez des gens haut placés. Au fil de la conversation, je glissais parfois une allusion à mon ancêtre président, comme pour dire : « Vous ne m'intimidez pas » ; et ce détail biographique plaisait d'ailleurs à mes hôtes, comme une carte du club. On aurait dit que j'avais toujours vécu dans ces salons confortables, ces jardins d'hiver, ces appartements de décorateurs.

Ainsi s'est précisé le mélange qui fait de moi un snob (j'aime être l'intime des stars ; j'adore les belles demeures et les privilèges) et un garçon charmant, aussi heureux de prendre l'apéritif avec sa concierge. Obsédé par les apparences futiles (j'attache une extrême importance à ma place au théâtre. Suis-je dans la meilleure loge ? au rang d'honneur ?), je vois l'absurdité de mon propre snobisme. Ambitieux (j'aime être admiré, avoir du succès), j'ai horreur de parler de moi, autant que de me voir à la télévision. Égoïste (je ne pense qu'à mon plaisir, le sort de quiconque m'est indifférent), je suis sincèrement occupé des autres (d'un naturel attentif, je ne m'ennuie avec personne, j'aime questionner mon interlocuteur et le comprendre).

Sans ces contradictions, je me serais contenté de vouloir tout rattraper comme un gandin. Inscrit dans un club de golf, je m'habillerais de vêtements anglais, j'aurais une voiture décapotable et une villa à Étretat. Ma combinaison personnelle est un peu différente : elle sait que l'ordre social est plein de hasard, qu'aucune position, aucun titre n'a de valeur particulière ; que les conventions étaient pesantes, qu'elles ont perdu leur sens à tout jamais... mais que cette perte fait aussi leur charme irrésistible.

*

L'autre jour, mes parents m'ont invité à déjeuner avec une cousine de ma grand-mère. Comme elle franchissait la porte du jardin, puis grimpait l'escalier du perron sur ses chaussures à talons, j'ai trouvé un charme fou à cette femme de quatre-vingt-sept ans. Par ses attitudes délicatement artificielles, elle cultivait d'anciens usages faits pour agrémenter la vie en société. Avec une élocution impeccable, sur un ton à la fois ironique et précis, elle évoqua plusieurs souvenirs : quand, chaque dimanche, pendant la guerre, elle retrouvait son oncle René Coty pour aller voir les roses de Bagatelle ou écouter les concerts Lamoureux. La sophistication naturelle de son attitude me semblait plus intéressante que la vérité crue des choses ; et cette façon de vivre qu'elle décrivait me fascinait bien plus que le quotidien pragmatique, obsédé de confort et de rendement qui est devenu le nôtre. Tout en l'écoutant parler, je me sentais à la fois heureux, triste, ému d'imaginer que cette femme représentait l'ultime facette d'un style fragile et presque disparu.

Selon cette science sociale oubliée, c'est la *convention* qui rend l'existence intéressante comme un morceau de théâtre. Le fait de porter des bijoux pour déjeuner, de se montrer aimable et souriant, d'être attentif aux autres et de s'exprimer clairement, tout cela donne une forme délectable au temps qui passe. Aller au musée, se promener dans les jardins publics, se retrouver à la messe du dimanche, prendre le thé, parler du dernier film ou du dernier roman : autant de mornes habitudes nous rappellent l'équilibre savant d'un ancien art de vivre. Même la fameuse *hypocrisie bourgeoise* devient une qualité quand elle consiste à masquer ses tourments, à laisser la part d'ombre dans l'ombre, plutôt que de donner le champ libre à la sincérité et aux conflits. Voilà toute une esthétique du quotidien que nous ne connaissons plus guère, depuis que nos vertus s'appellent franchise et naturel. Pourtant, le plus cruel tableau des mœurs, peint par Feydeau ou Guitry, comporte cette sophistication réjouissante, appliquée à l'art de tromper sa femme ou son mari ; comme si le savoir-vivre était là pour atténuer la brutalité de la vérité et du crime. En ce sens, le mensonge bourgeois marque un point admirable de la civilisation.

Quand j'avais quinze ans, la question de la bourgeoisie se réduisait à l'insulte « petit-bourgeois », résumant tout ce qui peut se concevoir de soumis, d'étriqué, de mesquin. En pleine époque gauchiste, on apprenait vite à répéter les slogans pour dénoncer cette classe ignoble, toujours sur le point d'établir son pouvoir fascisant. J'éprouvais moi-même un véritable mépris pour les gosses de riches qui ne doutaient de rien, faisaient du ski à Courchevel et votaient Giscard d'Estaing ; mais j'étais plus épouvanté encore par certaines branches de ma famille paternelle où fleurissait un milieu provincial, bondieusard, intolérant et moralisateur, tout droit sorti du XIXe siècle. Cette société grise des curés et des commerçants, entrevue maintes fois au cours de mon enfance havraise, me semblait d'autant plus détestable que je redoutais d'y être assimilé, préférant le style plus « distingué » de ma famille maternelle. Même le langage gauchiste pratiquait ce *mépris de classe* en dénonçant la « petite » bourgeoisie plutôt que la « grande ». Mais, surtout, il s'appliquait à gommer ces distinctions en englobant dans l'infamie tout ce qui rappelait, d'une façon ou d'une autre, le style de vie de la classe aisée.

Il m'a fallu des années pour comprendre que cet exécrable monde bourgeois — « grand » ou « petit » — avait curieusement engendré la plupart des artistes que j'aimais. Esprits libres, inventeurs, fantaisistes, presque tous provenaient de ce milieu parisien ou provincial parfois étriqué : Baudelaire, Flaubert, Mallarmé, Verlaine, Valéry, Proust, Monet, Renoir, Degas, Cézanne, Matisse, Signac, Vuillard, Fauré, Debussy, Ravel, pour ne citer que d'illustres Français de la fin du XIXe siècle. Rassemblés en groupes loufoques et provocateurs, les étudiants anticonformistes de la IIIe République — *hydropathes, zutistes* ou *fumistes* — formaient eux-mêmes une coalition d'enfants de bourgeois dressés contre leur classe, pour ce qu'elle avait de conventionnel et d'obtus, avec ses chefs de bureau et ses pères de famille dévots ou cocardiers. Un siècle plus tard, mon discours antibourgeois stéréotypé restait lui-même une manifestation de cet esprit bourgeois, dont l'une des qualités principales est d'avoir inventé la détestation du bourgeois.

Je ne connais pas d'autre exemple d'une classe sociale dont l'une des activités principales aura consisté dans cette impitoyable critique de soi. L'aristocrate n'a jamais montré tant de doutes sur lui-même ; et le monde ouvrier ou paysan exalte plus volontiers ses vertus, forgées dans la sueur et l'humiliation. Au contraire, la bourgeoisie a donné jour aux analyses les plus aiguës du style bourgeois, du despotisme bourgeois ou de la morale bourgeoise. Elle a engendré les théories les plus hostiles à son propre pouvoir (chez le bourgeois Marx) comme à sa vertu sans taches (chez le bourgeois Freud) ; et ses enfants les plus brillants ont combattu sans relâche l'étroitesse d'esprit dont ils devaient s'affranchir pour déployer leurs talents d'artistes ou d'inventeurs.

Pourtant, la plupart de ces esprits audacieux — même ceux qui dénonçaient l'exploitation du prolétariat, le colonialisme, l'hypocrisie morale et religieuse — ne rompaient guère avec les mœurs codifiées par la société bourgeoise. Les codes de la courtoisie et de l'habillement, les sorties, les divertissements ne variaient guère du boutiquier au politicien et de l'artiste au savant. Lorsque certains s'émancipaient de la « petite » bourgeoisie où ils étaient nés, c'était généralement pour entrer dans la « grande », plus fastueuse et plus tolérante. Petit bourgeois de Saint-Germain-en-Laye devenu grand bourgeois du XVIe arrondissement, Claude Debussy, révolutionnaire en musique, ne manquait jamais cependant de conclure ses lettres par un très conventionnel — et légèrement teinté d'humour : « Madame Debussy se joint à moi pour vous adresser ses meilleurs sentiments. »

Le seul discours de la révolte sociale peine donc à saisir la complexité d'un *style de vie* qui ne tenait pas seulement dans des rapports politiques, mais qui façonnait avec une belle liberté ses décors, ses mœurs, ses loisirs. Dans son livre sur Chabrier (ce père de la musique moderne, ami des impressionnistes), Francis Poulenc parle de « ces *novateurs bourgeois*, comme Cézanne ou Manet, si typiques de la seconde moitié du XXe siècle ». Les novateurs pouvaient s'avérer furieusement réactionnaires, anticommunards comme Flaubert, antidreyfusards comme Degas. Même quand leur vie s'opposait au puritanisme sous les habits de la « bohème », ils demeuraient souvent sur le même palier que les généraux et les ingénieurs. Du Paris d'Haussmann aux plages de Normandie, des théâtres de boulevard au Jardin des Plantes, et dans chaque détail de la vie quotidienne, la modernité naissante de l'art, de l'esprit, de la société, s'est confondue avec ce monde bourgeois sans forcément chercher à le combattre.

Depuis le milieu du XXe siècle, dans un monde toujours plus asservi à l'économie, le pragmatisme bourgeois est devenu la règle commune — mais dépouillé de son style et de ses sophistications. La grande bourgeoisie fastueuse comme la petite et son sens du travail et de l'économie ont perdu leurs caractères, laminés par le système qui avait assuré leur triomphe. D'un bout à l'autre de la planète, les idées antibourgeoises de la bourgeoisie ont si bien prospéré que chaque classe sociale a délaissé ses codes et ses manières. La voiture, la télévision, le supermarché, l'ordinateur et les vêtements de marques ont unifié ce monde, dans lequel toute différenciation doit se réduire à une disparité de revenus et à une gamme de prix. Un président de la République en Ray-Ban ressemble étrangement à un voyou de banlieue. La vieille aristocratie financière copie sans vergogne les truands du miracle économique russe ou chinois. Une nouvelle organisation a pris la place, où les plus riches sont encore plus riches. L'accès à la culture, aux voyages, aux réseaux de pouvoir leur réserve toutes les facilités, quand les autres doivent suivre un chemin plus rude… Presque tous boivent pourtant les mêmes boissons énergétiques, s'extasient devant les mêmes écrans numériques et se retrouvent au cinéma pour la sortie du nouveau Bruce Willis.

Quant à moi, tout ce qui disparaît me désole. Même l'ancienne numérotation du téléphone m'inspire de cruels regrets (lorsque Paris snobait la province avec ses sept chiffres). Voilà sans doute pourquoi cette ancienne bourgeoisie que je voyais à quinze ans comme détestable — parce qu'elle existait encore un peu, et que les doctrines qui la combattaient restaient vives — me semble désormais propice à la nostalgie. Je ne regarde plus ce temps pour ce qu'il avait de haïssable mais pour ce qu'il nous a légué de rêves disparus : ce rêve de Paris et des boulevards, ce rêve de villégiatures dorées, ce rêve d'artifice et de légèreté. De ce monde-là, j'ai moins vu la violence pour mieux goûter la poésie : les richesses de la civilisation bourgeoise, les beautés de l'esprit antibourgeois, les raffinements décadents de la bourgeoisie finissante.

L'autre jour, devant cette cousine de quatre-vingt-sept ans, mes parents eux-mêmes semblaient enchantés de retrouver le charme d'un style disparu. Ont-ils changé, ou est-ce moi qui les découvre sous un autre éclairage ? Quand j'étais enfant, je les voyais comme des grandes personnes, inébranlables dans leurs principes égalitaires. Me voici plus vieux qu'ils ne l'étaient alors ; et je les découvre comme de grands enfants inquiets, perplexes devant le flou de l'histoire et devant leur propre destin. Hier, je communiais avec eux dans le rejet du vieux monde qui devait disparaître ; aujourd'hui nous communions devant cette femme élégante, d'une beauté devenue presque exotique.

*

Étretat présentait un condensé de toute cette histoire. La marque du passé restait vive dans le décor. Des plus riches aux plus fauchées, toute la gamme des familles s'y déployait l'été avec ses habitudes, ses hontes, ses fiertés. On pouvait y admirer les vestiges de l'âge d'or (l'architecture inventive des premiers bâtisseurs) et ceux de la bohème (ces traces de Monet, d'Offenbach, de Maupassant). On y reconnaissait les mœurs de cette classe dans ce qu'elles ont de banal et d'étouffant avec leurs réunions familiales, leurs groupes générationnels, leurs divertissements désuets. On y observait cette assurance, cultivée dès l'enfance, de ceux qui se croient nés pour penser, pour gérer, pour gouverner. On y percevait cette obsession de l'organisation du temps pleine de règles contraignantes (même les riches retraités continuaient à s'agiter la semaine à Paris, avant d'affronter les embouteillages pour se retrouver le week-end au bord de l'eau). Nombre de traits survivaient aux revers de fortune : le goût de la marche, le sens de l'effort qui conduit à se baigner dans un liquide glacé, le sens de l'économie (on a de belles maisons mais on compte chaque centime), l'importance des mariages, le bavardage futile pour ne pas en dire trop, la discrétion sur tout ce qui concerne la face obscure — divorces, licenciements et autres tabous, à peine évoqués dans un milieu qui préfère cacher ses faiblesses.

Avec tendresse et mélancolie, je regardais les vieux habitués du bain de treize heures ; les jeunes ménages obsédés par la sauvegarde d'une villa, capables de s'endetter pour un souvenir d'enfance ; les fidèles de la Revue qui voulaient croire encore à l'Étretat d'Offenbach… Mais en digne descendant des cousines, j'observais avec autant d'intérêt le décor nouveau qui prenait la place de l'ancien : cette station balnéaire envahie par la circulation et recouverte de parkings ; le défilé des anciens paysans en jogging ; ce casino pour pauvres où des chômeurs gaspillaient leurs allocations en pièces de vingt centimes d'euro ; le débarquement des Maghrébins ou des Chinois sur la plage ; cette zone balnéaire protégée par des bouées, des sifflets et des réglementations ; cette néo-bourgeoisie frimeuse et décomplexée.

Je n'appartenais vraiment à aucun de ces

mondes, mais leur enchevêtrement me ravissait. Et, quand le soleil tombait, il me restait encore à confronter ce jeu social aux sensations intemporelles. Je retournais alors sur les falaises, cent mètres au-dessus de l'eau, longeant cette roche crayeuse qui plonge dans les flots, comme le décrivait Maupassant un siècle plus tôt : « J'avais marché depuis le matin sur ce gazon ras, fin et souple comme un tapis, qui pousse au bord de l'abîme sous le vent salé du large. Et, chantant à plein gosier, allant à grands pas, regardant tantôt la fuite lente et arrondie d'une mouette promenant sur le ciel bleu la courbe blanche de ses ailes, tantôt sur la mer verte, la voile brune d'une barque de pêche, j'avais passé un jour heureux d'insouciance et de liberté. »

4

L'ÉCLIPSE

Chaque saison à La Ramée apportait son lot de dégradations. Laurence avait montré une louable ambition en conservant cette propriété que ses sœurs auraient vendue sans hésiter ; mais elle manquait de moyens pour l'entretenir et se contenta bientôt de raccommodages. La décrépitude s'attaqua d'abord aux étages supérieurs. Dans les chambres du second et du troisième, le plâtre tombait par terre dès qu'on ouvrait une fenêtre. Les pièces principales tenaient bon, mais recoins et mansardes commençaient à bringuebaler.

L'eau finit par traverser le sol d'un cabinet de toilette qui ne fut pas réparé mais condamné. Pour prévenir tout accident, des rubans de balisage de plastique rouge — semblables à ceux posés par la police sur les lieux d'une enquête criminelle — interdisaient l'accès à cette pièce. Le plancher démoli laissait apparaître les poutres rongées et la chambre d'en dessous. La pourriture gagnait également le perron — d'un bois pourtant traité pour résister aux intempéries.

Après des années de vaillance, les marches de l'escalier gauche (le plus exposé à la pluie) commencèrent à s'effondrer. Comme la réparation s'avérait trop coûteuse, Laurence accrocha d'autres rubans de plastique pour fermer cette partie du perron. Il fallait désormais entrer par l'escalier de droite ou la porte de service.

Les investissements nécessaires se faisaient attendre, et je soupçonnais Arnold de préférer secrètement La Ramée dans cet état de décrépitude. Trop amoureux de la fuite du temps, le mari de Laurence ne voulait pas même tailler les arbres pour dégager un peu le jardin ; et il semblait observer avec fascination la décomposition de son propre logis. De son côté, il possédait quelques biens sur la Côte d'Azur ; mais l'idée de vendre un mur pour en sauver un autre était tellement étrangère à son esprit qu'il laissait le tout s'en aller à vau-l'eau. Laurence, elle, semblait plus intéressée par son poste de surveillante dans un lycée de Levallois qui, avec la chorale municipale, représentait le cœur battant de son existence. Ses week-ends à Étretat se transformaient en obligation pénible : celle de constater épisodiquement la progression du désastre.

Pour aggraver les choses, l'artisanat semblait partout sur le point de disparaître en tant qu'activité fourmillante et peu onéreuse, avec ses multiples corps de métiers. La notion même d'entretien devenait problématique dans une économie fondée sur le remplacement systématique de tout objet défectueux par de nouveaux matériaux normalisés. Cette organisation ne laissait guère de place au travail minutieux du bois, sauf sous forme d'activité luxueuse, facturée au prix fort et réservée aux clients fortunés. Refaire à l'identique ce perron, ou n'importe quel détail contribuant au charme de la maison, paraissait désormais hors de portée. Pour les mêmes raisons, nombre de villas qui, pendant un siècle, s'étaient enrichies d'ajouts progressifs, d'ailes et de balcons, d'exubérances raffinées, tendaient à se déprécier. De temps à autre, sur les coteaux d'Étretat, on voyait disparaître un jardin d'hiver, remplacé par une structure métallique souple et préfabriquée au charme pavillonnaire.

Mieux armé devant la catastrophe, le fils d'Arnold et Laurence possédait le sens inné des beaux objets. Talentueux bricoleur, il connaissait les matériaux, le travail fin du bois et du métal. Au fil des séjours, il avait imaginé tout un plan de réparations... Sans succès, car sa mère utilisait La Ramée d'une façon toujours plus bizarre et solitaire. Elle y restait des week-ends entiers, recluse avec son mari dans les quelques pièces chauffées. Faute de pouvoir venir davantage, son fils avait fini par se désintéresser. À l'occasion de rares fêtes de famille, on voyait se reformer, pour un instant, le séduisant couple de danseurs de tango : Laurence fière de paraître encore jeune dans sa robe fleurie ; Arnold souriant à toutes les femmes dans son vieux pantalon écossais. Le reste du temps, celui-ci devenait de plus en plus furtif derrière ses lunettes noires.

Nous nous retrouvions invariablement début

août. Après les habituelles négociations sur les pièces que j'avais le droit d'utiliser, le montant de ma participation financière faisait parfois l'objet de tractations imprévues : il variait brusquement parce qu'une amie de Laurence l'avait persuadée qu'elle demandait trop peu, ou que, dans un élan contraire, elle voulait se montrer généreuse. Ma participation était l'une des rares ressources en argent frais, permettant de refaire un pan de portail rongé par la pluie, tandis que trois autres s'effondraient. Un jour, comme j'arrivais pour les vacances, la cousine de ma mère me montra triomphalement sa dernière campagne de travaux : sur toute la façade, elle avait fait poser des volets *en PVC*. Le plastique lisse, tout droit sorti d'une grande surface de bricolage, brillait comme une injure sur l'architecture balnéaire. Cette solution peu onéreuse avait permis de remplacer une vingtaine de volets en bois qui tombaient en lambeaux, mais je restais perplexe devant ce mariage raté. Laurence, de son côté, paraissait enthousiaste ; je la sentais fière d'avoir fait *quelque chose d'utile*. Son sens esthétique avait disparu derrière la nécessité. Ainsi allait le tempérament pragmatique des cousines.

Le lendemain matin, comme chaque année, Laurence et Arnold partirent en vacances. J'avais toujours admiré leur façon de voyager comme de jeunes amoureux, sans connaître l'itinéraire ni prévoir les hôtels. Mais, quand leur voiture s'éloignait sur la route, j'aimais surtout me retrouver seul entre ces murs, parmi les reliques dérisoires du temps de l'Élysée. Dans un petit bureau, Laurence avait rassemblé une série de portraits offerts au Président par des peintres du dimanche : une accumulation de Coty ratés, à l'huile, à l'aquarelle ou en papier mâché ; des Coty pyrogravés, des Coty en écaille, des Coty en chiffon, à la gouache ou au crayon, montrant le Président dans des poses solennelles rendues plus ridicules par la technique défaillante des artistes. Sur un portrait, René et Germaine Coty, debout main dans la main derrière leur bureau de l'Élysée, avaient l'air d'un couple d'attardés mentaux. D'autres témoignages illustraient la gloire de l'Empire : un Coty brodé par des tisseurs vietnamiens, un Coty africain en lamelles de bois, sage comme un marabout. Naviguant d'une pièce à l'autre, je cultivais mes illusions de propriétaire.

*

Le 11 août 1999, une éclipse totale de soleil était annoncée. Étretat se situait pile dans la « bande de totalité » où l'astre du jour allait disparaître derrière la lune. Je n'attachais pas tellement d'importance à ce phénomène bruyamment célébré dans la presse comme le clou de l'été. Mais, peu avant l'éclipse, plusieurs amis parisiens me téléphonèrent, visiblement désireux d'assister à l'événement. La veille du grand jour, ils débarquèrent de la capitale, le teint pâle et l'air incongru de noctambules arrachés à leur décor. Ils n'avaient pas oublié les paires de lunettes spéciales : deux rectangles noirs entourés de carton, en vente depuis un mois pour éviter de se brûler les yeux.

Le lendemain matin, j'emmenai toute la compagnie à la plage où se massaient déjà des milliers de badauds. Le chapelet humain se prolongeait au sommet des falaises en attendant l'heure du spectacle. Après avoir observé la mer avec répulsion, mes camarades daignèrent s'asseoir sur les galets. Un seul d'entre eux m'accompagna pour accomplir quelques brasses dans l'eau fraîche, au moment précis où le soleil disparaissait derrière la lune. Quand le crépuscule tomba sur l'horizon, les milliers de spectateurs enfilèrent leurs lunettes et dressèrent la tête vers le ciel. Des vols de goélands, aussi noirs que des corbeaux, s'élevèrent partout au-dessus des flots, poussant des cris comme pour le départ des migrations. Cette irruption de la nuit au milieu du jour, à l'heure du bain rituel, me sembla chargée de sens : comme si la fin d'un monde se confirmait, quelques mois avant la fin du XXe siècle.

La maison de famille ne survécut pas longtemps à son entrée dans le troisième millénaire. Arnold mourut l'année suivante des suites d'un accident cérébral ; et la disparition de ce professeur de nostalgie donna un nouvel élan aux rêves de vie ordinaire. Laurence avait conservé La Ramée pour lui plaire ; son mari disparu, une solution simple et presque enchanteresse fleurit en quelques semaines : vendre la maison et acheter un appartement. Dès l'annonce de ce projet, des voix s'élevèrent partout dans la famille, non pour l'inciter à garder La Ramée, ni pour chercher une solution collective, mais au contraire pour l'encourager à s'en débarrasser rapidement. Grâce à la vente, Laurence pourrait enfin vivre simplement (elle avait déjà repéré un F2 en rez-de-chaussée, avec un bout de jardin). La raison devait l'emporter : une telle maison n'avait plus aucun sens. Inutile de vivre au-dessus de ses moyens ; il fallait liquider ce passé encombrant.

Du jour au lendemain, la villa fut placée dans une agence. Depuis quelques années, les cours immobiliers s'emballaient sur la côte normande. Le marché démultipliait la valeur du moindre bout de terrain. Longtemps considérées comme invendables, les plus vastes demeures flambaient grâce aux nouvelles fortunes de la finance et de la publicité. Excitée par la perspective du profit, Laurence sembla gagnée par la hâte d'en finir. Négligeant la moindre solution qui lui aurait permis de garder La Ramée, elle mit en vente à Fécamp les derniers objets et souvenirs personnels de René Coty qui envahissaient les pièces. Il n'y avait rien à discuter. Il n'y avait jamais rien à discuter avec les cousines. Leurs maris, leurs enfants, leurs amis n'avaient jamais pu les faire changer d'avis sur ce qu'elles tenaient spontanément pour juste.

Au même moment, une autre famille d'Étretat atteignait le point culminant de son ascension sociale. Les Parisiens avaient d'abord regardé avec une bienveillance légèrement condescendante ces chaleureux commerçants originaires de Bolbec. Les bonnes affaires du grand-père lui avaient permis d'acquérir une très jolie villa et de prendre sa place dans la société locale. Or l'entreprise s'avéra si florissante qu'elle aboutit à la constitution d'un groupe de distribution revendu aux hypermarchés Carrefour, dont les titres gonflèrent soudain au rythme de l'expansion du groupe. Les petits-enfants du commerçant normand devinrent en peu de temps les plus riches de la station. Ils commencèrent à racheter d'immenses propriétés, puis à organiser dans leurs parcs des fêtes nocturnes où ils invitaient à danser ceux qui n'avaient plus de parcs.

La vente de La Ramée à un membre de cette famille permit à Laurence de présenter l'affaire comme une victoire. On aurait dit qu'elle avait elle-même choisi un rejeton d'Étretat, d'une famille simple et sympathique ! Loin de se voir dépossédée, elle parut se donner l'illusion qu'elle accomplissait un geste *généreux*. Sans se départir de son assurance, elle indiqua au jeune homme et à son épouse ce qu'ils pouvaient changer dans la maison et ce qu'il fallait conserver en l'état... Ceux-ci firent semblant d'écouter et Laurence largua le navire avec bonne humeur, soulagée de pouvoir désormais vivre à sa mesure, dans un merveilleux studio sans horizon. Elle s'empressa d'y accrocher des reproductions de tableaux, puis de nettoyer sans relâche sa nouvelle kitchenette devant un minuscule jardin où elle prépare ces copieux petits déjeuners — avec lait, pain, beurre et confiture — qui restent son meilleur souvenir de La Ramée, outre la collection de pichets alignés dans la cuisine.

Je ne comprends pas vraiment le charme de cette résidence qui pourrait se trouver au Vésinet ou à Rueil-Malmaison. Mais les cousines ont cette nature facilement satisfaite. Elles s'y retrouvent parfois pour dîner, entre petites filles de soixante-dix ans, ravies d'écouter ensemble *La Danse des canards.* Dans des élans rieurs, elles évoquent le souvenir des années élyséennes, si pompeuses et si pesantes. Et, quand elles racontent à leurs petits-enfants les histoires de René Coty (remis à la mode par le succès du film *OSS 117*, où un agent secret des années cinquante distribue partout la photo du Président), cela ressemble à un conte de fées, avec de beaux palais et des fillettes un brin malheureuses. Pourtant, devant cette énergie moqueuse, on sent que leurs convictions ont quelque chose de bizarre qui les fait ressembler, malgré elles, à des dames de la Cour un peu déjantées.

Quand j'entrai pour la dernière fois à La Ramée, Laurence semblait guillerette, occupée à évacuer d'ultimes vestiges. Dans le salon désert reposaient des piles de revues de théâtre des années trente qu'elle me proposa d'emporter — sans quoi elle les laisserait sur le perron, avec d'autres objets destinés à la fondation Emmaüs. Mais j'avais accumulé suffisamment de paperasse après la mort de ma grand-mère pour ne pas en ajouter. Je préférai regarder ma cousine courant avec son balai d'une pièce à l'autre, heureuse de liquider cette accumulation poussiéreuse. Et, moi-même, je me sentais curieusement léger.

Le jardin, ce jour-là, m'apparut dans un épouvantable état de désolation. Depuis qu'elle avait décidé de vendre, Laurence avait totalement cessé d'entretenir pelouses et parterres. En cette fin d'été, la végétation poussait partout, en désordre. Les fleurs de la charmille étouffaient sous les liserons. Rien ne subsistait des colmatages ni des rafistolages par lesquels, pendant dix ans, Laurence et Arnold avaient donné une illusion d'entretien. L'escalier du perron entouré de rubans rouges s'effondrait tout à fait. Avec ses volets en plastique, La Ramée semblait contaminée par une modernité au rabais, en attendant son nouveau propriétaire. L'arrogance misérable du PVC coupait court à la nostalgie : par sa seule présence, il brisait le charme de cette maison en ruine et me disait qu'il n'y avait plus rien à faire ici. Je franchis donc la barrière en bois pourri, sortis rue Offenbach et retournai vers la plage pour voir ce qui restait du bel Étretat.

C'est là, face à la mer, que je passe désormais chaque été comme un vacancier heureux. Ma conquête s'est achevée dans une location au quatrième étage. Haut perché devant les flots, j'ai l'impression de naviguer sur un bateau, dans la contemplation des vagues, des tempêtes et des marées qui continuent à battre la porte d'Aval. Rassasié par le vent et les couleurs du ciel, j'ai oublié La Ramée et son coteau lointain. Mais je n'ai pas oublié le bon usage d'Étretat ; et, chaque jour du mois d'août, la serviette sur l'épaule, je suis au rendez-vous pour le bain de treize heures.

5

LA NAGE

Abrégeons les préliminaires qui constituent, pour cette activité, le moment le plus pénible. Aucune douceur, aucune excitation, aucun frisson d'extase à espérer quand la première vague glacée vient lécher vos orteils. Elle semble plutôt là pour vous faire renoncer, en vous rappelant que, même par beau temps, la mer reste toujours aussi fraîche, très en dessous de la température du corps. Tout s'annonce donc mal, et tout ira plus mal encore à chaque pas supplémentaire. Cette entrée dans la masse liquide n'est pas rafraîchissante ; vous la trouverez seulement désagréable, cruelle, hostile.

Chacun met donc en œuvre sa technique personnelle pour accomplir l'épreuve. Certains courent aveuglément sur les galets, ils descendent la pente en poussant des cris et entrent dans l'eau comme des soldats de 14 se jetant sous la mitraille ; d'autres hésitent longuement et progressent, pas à pas, dans une relation masochiste avec l'élément — car le temps qu'on prend pour adapter son corps ne fait qu'aggraver encore le supplice. Les scientifiques commencent par se mouiller le cou, le visage, les épaules. Ils espèrent qu'une adaptation méthodique rendra tout plus facile et affirment que, près de la nuque, se trouvent les points qui régulent la température interne. Quant à moi, j'entre désormais *à reculons*, comme si le fait de ne pas voir mon corps pénétrer dans l'eau supprimait au moins l'épreuve psychologique, pour ne laisser que la surprise désagréable du froid.

Dangereux pour le nageur, le gros temps permet d'avancer plus rapidement dans cet élément agité dont le sol caillouteux se dérobe sous vos pieds, tandis qu'une vague, incidemment, vous asperge le ventre et les épaules. À peine le temps de réfléchir. Sans attendre une réponse, l'océan vous absorbe et, déjà, vous nagez parmi ces monticules à la belle couleur émeraude, de crainte qu'une vague plus haute ne vous ramène vers le bord dans un tourbillon de galets. Les spécialistes en bains déchaînés préfèrent toutefois rester sur le rivage. À Étretat, leur science et leur plaisir consistent à piquer par la base certaines vagues énormes, presque verticales, qui se dressent d'un seul pan et retombent en fermant leur mâchoire avec un bouillonnement d'écume. Alignés sur la grève, légèrement courbés comme des chasseurs à l'affût, les piqueurs lorgnent vers l'intérieur de la bête ; ils cherchent le flanc de la vague — d'un vert ou d'un bleu transparent qui charrie tout un sillage d'algues et les aspire vers la lumière. C'est là qu'ils vont plonger, en prenant appui sur un pied, pour ressortir de l'autre côté du monstre qui n'aura pu les écraser.

La technique précise et sportive des bains de tempête se transmet ici de génération en génération, mais elle suppose de l'expérience et de la santé. Plus rares sont ceux qui, à drapeau orange, choisissent de s'avancer dans la mer pour y pratiquer une nage agitée, volontaire et tumultueuse. Il faut aimer ce balancier qui tantôt vous élève au-dessus du niveau de l'eau, tantôt vous engloutit parmi les vagues où toute autre perspective disparaît à l'exception des formes aquatiques. Mais c'est alors un vrai plaisir que de sentir dans son nez, dans sa bouche, sur ses cheveux, cette fraîcheur qui ravive la respiration de la peau et la vigueur de l'esprit. Dans un foisonnement coloré de fragments animaux et végétaux, le corps se fraie un chemin et fend par de larges brasses les escarpements, les pentes et les collines en mouvement ; comme si chaque bloc avançait tout entier vers le rivage avant de se transformer en vague, de s'écraser et de se rompre.

Le plaisir est plus lent à se manifester par beau temps, quand une trop longue entrée en matière refroidit l'ardeur du baigneur. La présence d'autres habitués à moitié immergés favorise, une nouvelle fois, ces vaines conversations dont le seul but est de repousser l'épreuve. Après avoir enfin trempé le ventre, puis les épaules, le nageur éprouve encore pendant quelques secondes un sentiment d'absurdité devant cette torture volontaire. Puis, enfin, il se lance et aligne dans la précipitation une série de mouvements destinés à réchauffer son corps tant bien que mal. On dirait alors un caneton maladroit qui ne sait comment transformer l'exercice en plaisir. L'instinct lui impose d'accomplir ces gestes désordonnés, avant d'atteindre l'état plus serein où il oubliera le froid pour apprécier l'immersion.

Ce passage de la phase terrestre à la phase aquatique exige, pour ce qui me concerne, d'enfoncer la tête sous l'eau. Je ne puis concevoir de bain sans cette plongée initiale. Plusieurs brasses sous-marines m'accordent au rythme et à la température de la mer. Ce passage de la tête est nettement moins pénible que l'entrée du ventre ou des épaules. Après cette gifle transformée en étincelle de fraîcheur, je glisse comme une sirène dans la lumière trouble, puis je ressors le visage et agite mes cheveux mouillés en bon mammifère marin, souriant, joyeux, prêt à me livrer enfin au bonheur de la nage.

*

Passons vite sur le bain nerveux qui s'impose parfois, sous le vent du nord, quand une infinité de vaguelettes agaçantes vous fouettent le visage avec l'insistance du roquet. Car je voudrais m'étendre, à présent, sur la nage idéale : celle des jours très calmes où la Manche, entre les deux bras de falaises, prend l'aspect d'un grand lac paisible. À l'ombre des parois rocheuses, la surface aquatique d'un beau vert sombre paraît lisse comme un miroir. Des goélands par petits groupes se laissent dériver lentement. Ils semblent oublier leur tempérament de pêcheurs pour goûter eux aussi les plaisirs du *farniente*.

Ce bain extatique est le contraire du bain agité. Progressant sur la plaine liquide, le corps humain remonte la chaîne des espèces vivantes pour retrouver ses origines de batracien. Les jambes accomplissent un mouvement de grenouille ; la poitrine glisse voluptueusement à la surface ; le menton à demi immergé tourne d'un côté, puis de l'autre, comme un instrument de pilotage orienté vers son but : cette bouée, là-bas, que je vais atteindre, malgré le courant qui ralentit ma progression ; ou bien ce radeau sur lequel une baigneuse allongée prend le soleil ; ou bien le soleil lui-même qui, au déclin du jour, trace un chemin lumineux à la surface des flots : cette ligne de chaleur brillante semble conduire jusqu'à l'astre et me rappelle cette improvisation de Karlheinz Stockhausen que j'écoutais à vingt ans : *Fais voile vers le soleil*.

L'une des vertus du temps calme est d'inviter le baigneur à s'éloigner du rivage, pour atteindre la distance où se produit un changement d'environnement sonore. On n'a guère conscience, au bord, de ce tumulte plein de cris et de roulements de galets. Il faut nager et nager encore pour, soudain, découvrir que le bruit diminue puis qu'il disparaît. Il faut que la clameur de la terre s'éteigne pour entendre bien mieux la présence de la mer, cette sonorité première. À présent, tandis que je progresse vers l'horizon, le frottement de l'eau et de l'air produit seulement un léger chuchotement de surface. Je nage et ma nage devient le sujet de toute chose, le seul phénomène tangible entre moi et l'infini. Je ne vois plus rien que ce casier de pêcheur signalé par un drapeau qui vacille, ou cet oiseau nageur qui plonge la tête et disparaît avant d'émerger un peu plus loin : c'est un cormoran. Je nage et je le regarde sans réfléchir ; car la nage est l'unique occupation de mon être ; non comme performance sportive mais comme façon d'être à la surface des choses.

Je progresse ainsi jusqu'à la limite de la baie : ce point connu des bons nageurs où les trois arches des falaises se retrouvent dans un même alignement : porte d'Amont, porte d'Aval et, plus loin, Manne-Porte, la plus massive de toutes, invisible depuis Étretat. Par là-bas, en direction du Tilleul, la côte révèle des beautés spectaculaires quand on s'y promène en bateau, longeant ces murailles verticales de cent mètres où les goélands accrochent leurs nids aux pics rocheux. Les criques se succèdent, avec leurs cascades, leurs oiseaux sauvages, leurs piscines naturelles qui forment le plus somptueux décor de toute la côte normande.

Loin du rivage, il existe une autre façon d'être heureux. Elle consiste simplement à se retourner sur le dos pour interrompre tout mouvement, à écarter légèrement les jambes et les bras — tel saint André crucifié — puis à se laisser reposer ainsi face au ciel. Tous les nageurs connaissent cette technique qu'on appelle la

« planche » ; mais ce n'est pas n'importe quelle planche qu'on pratique sur cette Manche des jours sereins, plus proche de la Méditerranée que de l'Atlantique. Dans un silence absolu, regard tourné vers l'azur où passe un nuage blanc, l'esprit se met à planer, saisi par une rêverie où tout paraît à la fois très distant et très présent. Par instants, je baisse légèrement le crâne et j'enfonce les oreilles dans l'eau qui, soudain, comme les rails du chemin de fer, me raconte des histoires éloignées. Ce bruit de la plage que je croyais éteint revient par l'intérieur de la mer. Ma tête immergée perçoit le léger roulis des vagues sur les galets, puis un moteur de bateau qui longe la côte à plusieurs centaines de mètres : ce ne sont plus les sons de l'air mais les bruits des profondeurs qui renforcent encore cette étrange sensation d'*homme-poisson*, les yeux rivés au ciel et la conscience dans les profondeurs.

Parfois, je songe que je pourrais mourir noyé. C'est l'une des façons parmi d'autres de finir. J'essaie d'imaginer l'étouffement progressif subi par tant de marins, de naufragés ou de baigneurs imprudents, ce moment cruel où l'on retient vainement sa respiration, et surtout le point d'abandon où tout se brise, celui où l'eau envahit le nez, la gorge, les poumons. Je me demande si cette souffrance est atroce ou si, rapidement, l'entrée dans la mort abolit toute douleur, grâce aux décharges d'endorphine et à l'inconscience progressive. Ici ou ailleurs, viendra ce jour où la souffrance ne sera plus seulement un mauvais moment à passer, mais un effroi justifié marquant la conclusion de tout. Cette idée me terrorise, sauf que, pour l'heure, je vois la pointe de mes pieds ressortir de l'eau. Si bien que je me trouve un brin ridicule, allongé sur le dos, me prélassant au soleil et songeant au trépas. Ainsi vont les contradictions de cette existence où il faut, en attendant, goûter à toutes les joies possibles.

Quand, enfin, je nage à nouveau vers la côte, je me sens comme un navire regagnant le port après un long voyage. Ce retour n'en finit pas ; l'aspiration de la mer m'a emporté plus loin que je ne le voulais ; et c'est très lentement que les détails du rivage se reforment devant mes yeux. Par instants, mon corps frissonne légèrement. Il ne faut pas rester trop longtemps dans cette eau à dix-huit degrés ; mais les distances de la baie sont connues, balisées par des générations de baigneurs. Je sais que j'y parviendrai, que les derniers mètres me paraîtront les plus longs, puis que je m'effondrerai sur les galets avec une délicieuse fatigue. Pour l'instant, je nage droit devant, en m'efforçant de moduler le rythme — encore quelques mètres de crawl, quelques mètres de brasse coulée —, avant de me reposer encore sur le dos ; puis je reprends mon avancée méthodique et je touche presque cette plage dont les bruits, les cris, les roulements de galets retrouvent leur intensité. Étretat est là, devant moi. À ma gauche se dresse la mince falaise d'amont, la plus jolie quand le soleil décline par la douceur de sa lumière bleutée ; à droite, la grande arche spectaculaire et cette immense aiguille de roche blanche sous laquelle Maurice Leblanc imaginait qu'on avait enfoui le trésor des rois de France, accessible par un passage secret.

Entre les deux falaises, Étretat se précise ; curieuse petite station balnéaire, fameuse par son cadre naturel mais plutôt vilaine par ses constructions du bord de mer : quelques immeubles des années cinquante ; et, au centre, cet affreux casino couvert d'un décor en faux style normand. La guerre est passée partout sur cette côte. Au second plan, sur les coteaux, plusieurs jolies villas restent posées dans leurs jardins, survivantes d'un autre monde… Tout en accomplissant les dernières brasses qui me rapprochent des bouées, je songe qu'ici — comme dans tout mon pays, la France — l'histoire est un peu fatiguée, qu'elle ne joue plus aux avant-postes, comme au temps où quelques artistes avaient fait de ce hameau de pêcheurs leur villégiature favorite. Planté au plus bel endroit de la côte, l'Étretat d'aujourd'hui a des allures médiocres. Mais, derrière ce rivage de bric et de broc, se prolongent des histoires pleines de sous-entendus ; et je ne connais rien de plus fascinant que ce mélange de beauté immuable et de transformation du monde.

I. LES COUSINES

II. LA FIN DU CHRISTIANISME

III. LE DANCING DU CASINO

IV. LA LUTTE DES CLASSES À ÉTRETAT

V. L'ÉCLIPSE

DU MÊME AUTEUR

Aux Éditions Gallimard

L'AMOUREUX MALGRÉ LUI, *roman*, 1989 (« L'Infini »).

TOUT DOIT DISPARAÎTRE, *roman*, 1992 (« L'Infini » ; « Folio », *n° 3800*).

GAIETÉ PARISIENNE, *roman*, 1996 (« Folio », *n° 3136*).

DRÔLE DE TEMPS, *nouvelles*, 1997. Prix de la Nouvelle de l'Académie française (« Folio », *n° 3472*). *Avant-propos de Milan Kundera.*

LES MALENTENDUS, *roman*, 1999 (« Folio », *n° 4937*).

LE VOYAGE EN FRANCE, *roman*, 2001. Prix Médicis 2001 (« Folio », *n° 3901*).

SERVICE CLIENTÈLE, *roman bref*, 2003 (« Folio », *n° 4153*).

LA REBELLE, *roman*, 2004.

LES PIEDS DANS L'EAU, *roman*, 2008 (« Folio », *n° 5037*).

Chez d'autres éditeurs

SOMMEIL PERDU, *roman*, 1985, *Grasset.*

À PROPOS DES VACHES, *roman*, 1987, nouvelle édition, 2000, *Les Belles Lettres* (« La Petite Vermillon », *n° 194*).

REQUIEM POUR UNE AVANT-GARDE, *essai*, 1995, nouvelle édition, 2005, *Les Belles Lettres.*

L'OPÉRETTE EN FRANCE, *essai illustré*, 1997, nouvelle édition, 2009, *Fayard.*

LE GRAND EMBOUTEILLAGE, *essai*, 2002, *Le Rocher* (« Colères »).

LA PETITE FILLE ET LA CIGARETTE, *roman*, 2005, *Fayard* (« Folio », *n° 4510*).

CHEMIN DE FER, *roman*, 2006, *Fayard* (« Folio », *n° 4774*).

LA CITÉ HEUREUSE, *roman*, 2007, *Fayard.*

MA BELLE ÉPOQUE, *chroniques*, 2007, *Bartillat.*

BALLETS ROSES, *roman*, 2009, *Grasset* (« Ceci n'est pas un fait divers »).

Composition Floch
Impression Maury Imprimeur
45330 Malesherbes
le 19 août 2014.
Dépôt légal : août 2014.
1er dépôt légal dans la collection : mars 2010 .
Numéro d'imprimeur : 192045.

ISBN 978-2-07-041648-6. / Imprimé en France.

272562